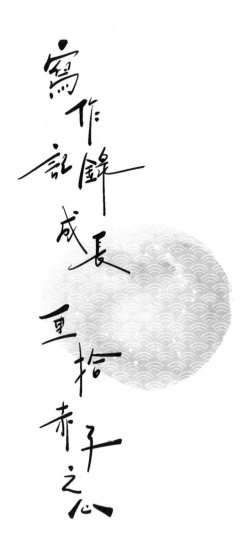

寫作記錄成長 重拾赤子之心

「校園作家大招募計劃」至今已踏入第三年。是項計劃致力培養本港青年中文寫作和創作興趣，並繼續為有志成為作家的中一至中四同學，提供優質和富啟發性的學習課程與比賽活動。計劃一直獲得學界踴躍支持，我們深感鼓舞。

本屆計劃共接獲超過300位來自106間中學的學生報名，最終82位「校園作家」獲選入圍。我們亦首次分別以「小說」及「非小說」組，進行一系列線上線下培訓，以切合不同寫作性質的需要。

本書作者陳姝均同學年僅14歲。她來自元朗公立中學校友會鄧兆棠中學，是今年「非小說組」的冠軍得主，也是計劃開展至今最年輕的得獎者。

青少年在成長路上或會遇到學業、家庭與人際關係的悵惘。年輕的姝均選擇面對內心的脆弱和傷口，勉勵讀者以溫柔回應現實的嚴酷，並以文字書寫情感，化成積極的力量。她以青澀樸素的筆觸記錄成長點滴，真摯中流露渴望成為作家的熱誠和決心，令人留下深刻印象。

本人藉此感謝語文教育及研究常務委員會（語常會）的鼎力支持及語文基金慷慨撥款，與本會攜手推動青年創作。我們特別向本屆計劃5位導師：唐希文女士、黃怡女士、梁璇筠女士、曾淦賢先生及施偉諾先生致以深切謝意。他們悉心為學員提供專業指導，充實他們的寫作之路。

我衷心期望，本書能為各位讀者帶來正向、療癒的能量，並有助大家重拾內心深處那顆赤子之心。

何永昌
香港青年協會總幹事
2022年7月

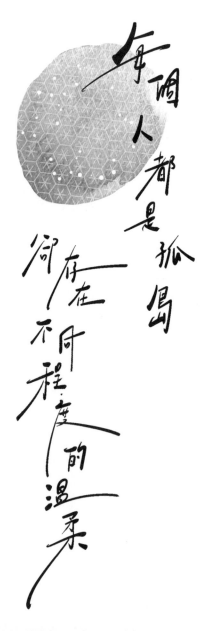

每個人都是孤島
卻存在不同程度的溫柔

半年前，我是一位平平無奇的中學生，和許多中學生一樣，每天浸泡在書海裡，被各種考題淹沒著；機械化的讀書、測驗、考試，都快要忘記自己長甚麼樣子了。萬萬想不到受到老師的推薦，我參加了「校園作家大招募計劃」，寫了入圍的文章，如今亦有幸出版首部作品，讓我有機會暫時抽離學生的身分，享受文字創作。

作家，一直是我對未來的想像。從來沒想過會在14歲提早實現了作家夢，也總算沒有辜負自己吧。我一直深信，世界上這麼多片海，總會有一片適合自己發光發亮。希望你們也能相信自己，終有一天可以在某個角落閃爍著你的光芒。

在成長的過程裡，也許我們都曾是這樣 —— 渴望著長大，卻又害怕活在成年人爾虞我詐的世界裡；不甘於平凡，卻又無法改變些甚麼；跟身旁的人攀比競賽，卻忘記了跟隨自己的步伐；那個覺得自己黯淡無光、自卑又敏感的自己，當渴望的事物和現實有落差，就會與自己有所拉扯。願你在這本書裡拾回年少的自己，小心翼翼地呵護他／她。你，是否漸漸地成為了當初自己最討厭的大人？

每個人都是孤島，世間存在著不同程度的溫柔，被愛的溫柔、自愛的溫柔、成熟的溫柔、給予的溫柔……然而只有當你願意交出一顆願意感受溫柔的心，才能令你的孤島不是一座孤獨的島嶼。這是一本關於14歲女孩的散文集，邀請你到訪我的島嶼。

陳姝均

「校園作家大招募計劃2021-2022」非小說組冠軍

元朗公立中學校友會鄧兆棠中學

2022・盛夏・香港

翻著《孤島的溫柔》，我不禁歇力的去回想當年14歲的我幹著甚麼？

14歲的年輕人是充滿朝氣、充滿活力，為甚麼會是一個「孤島」？「孤島」是遠離陸地的孤立島嶼，那作者姝均所得到的溫柔，是有溫度嗎？

翻開每一章節，你能與她經歷春、夏、秋、冬，她所寫的每一篇文章，或許跟你、跟我似曾相識，因為我們也曾是青年，我們的心靈也度過了無數個寒暑。

文章所寫的「四季」，讓我感受到她是一個願意接受溫柔的島嶼：她對童年的眷戀，同時也對未來的期盼，迎來春天晨曦的溫暖；生活中總有迷惘、悲傷的時候，像是不住的雨水襲過來，浮沉在大海中，這就是人生，看你如何在盛夏的雨季悟出來；而人生中難免會經歷離別、轉變，謝謝你把我「縫進時光裡」。秋天落葉飄零，的確令人哀愁，可幸這令你我更懂珍惜；昏沉的冬天卻是我們生活的印記，年輕人，你像是參透世事，提醒我們不要老是羨慕別人的輝煌，他們成功背後是付出與犧牲。冬天過後，就是生機勃勃的春天。

文字是我們溝通的橋樑，也是我們心靈的歸宿。我喜歡用文字表達我思我想，哪管是悲是喜，那是我內心告解的窗口，記載著我們人生的足跡……今天，我這個中年人探索著這年輕人的「孤島」，原來這孤島並不是飄浮在伶仃港的，她那盛載著溫柔的溫度，足以融化你我的心。

馮嘉文
三年前的中文科老師
2022 夏

姝均寫書的途中，曾經問過我一條問題：「怎樣面對很厭惡自己的文字，但必須寫下去的狀況？」當時，我回應了一些調整創作心態的方法，現在想來，或許更應對她補上一句：「但只有在這個年紀，你才寫得出這樣的文字。」

14歲是怎樣的年紀？是剛從孩童蛻變成少女，在青春期的起點蹣跚邁步，明明想成為大人，仍不自覺稚氣的年紀。無論是筆下的文字和世界的方式，或許未盡嫻熟，尚在摸索中；但這一切不應該被厭惡。

有些义句、想法、執著與信念，是僅屬於14歲的。一旦過了這個年紀，便再也無法擁有，正如我們再也無法經歷14歲。

我很喜歡姝均寫的一句：「哎喲，怎麼年紀小小的我就急著長大 —— 學大人的口吻來關心自己。」她知道自己年幼，也知道自己偶爾會學大人，但其實，我們誰不是這樣呢？所謂大人，也不過是在學更大的人。

翻開《孤島的溫柔》，閱讀到一個14歲女生真摯的剖白的同時，也許會在字裡行間看見自己的影子，那時便如姝均所説一樣，努力地童心不泯吧！

最後，我還是想對姝均説：「繼續寫，因為只有在這個年紀，你才寫得出這樣的文字。」

王子蕎 @buckpwheat

14歲的模樣

某次開問答的時候收到了姝均的訊息，她說，問題有點長，請讓她私訊給我。那大概是我印象中第一次和這個女孩有交集。她打了長長的文字，向我訴說自己近期的困境，那一刻我看見她勇敢地在一個陌生人面前攤開自我，坦然地承認自己的脆弱。訊息裡最後一句話是「所以我不知道怎麼辦。」她在求救，可是我也不曉得要怎麼在遙遠的彼端將她從泥淖中拽出。但在相似的經歷裡，我在她文字的折射中想起了幼時的我自己。

大抵也是在那些難以言說的憂患與困厄之中，默默地愛上了文字。我詢問她，要不要試著用文字抒發自己的所思所想呢。她卻告訴我，其實她最近正在努力寫書，再更後來，我便收到她即將要出版的好消息了。

收到這個邀約的關係，我開始緬想自己的14歲時光。或許才剛擁有人生第一支手機，第一次向誰表白，第一次談戀愛，然而更多的時間都是和摯友們廝混，成天說著想要長大的漂亮話，把泰半時間都獻給了大考，承受著壓力默默地耕耘，抑或為了家庭的事獨自痛心。試著用大人的口吻書寫，雖然他們總說那只是為賦新辭強說愁，卻沒有人知道，小小的身體究竟被迫承載了多少苦痛。可是多虧了書寫，讓平凡到近乎一成不變的生活有了破口，希望也應運而生。文字就像劃破沉悶夜空的星星，成為了生活裡無可忽略的閃光點。

讀著她所寫的句子，我看見了姝均的早慧與專屬於青春的稚嫩，那是長大以後回頭，會忍不住讚嘆當時怎能如斯純粹的筆觸，而筆下所有美好的友情、掛記、人與人之間的羈絆，甚或傷口、家庭的撕裂與疼痛，或好或壞，都會沿著時間的刻度串成項鍊，輾轉成為心上的印記。

有很多事現在不寫，以後就寫不出來了。在這麼漂亮的年華，姝均將14歲的模樣鑴刻成了永恆。誠實地讓文字為自己說話永遠是最美好而浪漫的事，儘管還不知道究竟該怎麼辦，但書寫能讓我們在生活的夾縫之中尋找答案。她的文字讓孤島之間造了橋，從此以後，孤島不僅有四季，也有愛人們的溫柔聲音。

沈希默
網絡作家

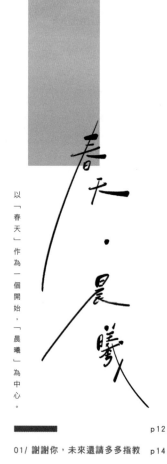

夏天·大海

夏天的時候，我很常到海邊看海，感覺大海有種治癒傷口的力量。

春天·晨曦

以「春天」作為一個開始，「晨曦」為中心。

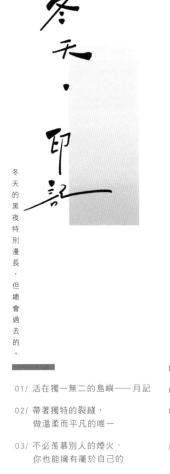

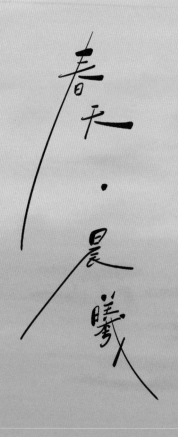

春天‧晨曦

以「春天」作為一個開始，「晨曦」為中心。

那些給予過我溫暖的一些經歷、一些感悟、一些憧憬。

謝 謝 你 ， 未 來 還 請 多 多 指 教

一封寫給以前自己的信

【春天 —— 晨曦】

致我的孤島：

翻開相簿看著小時候的你，我很想念照片中那個如此可愛、如此快樂的小女孩，可是我無法乘搭時光機回到那時候 —— 我知道再也回不去了，它早已成為我記憶深處最柔軟的一部分。我已經不再是那個幼稚、可愛的小女孩。看著照片中小時候的自己，看著、看著，眼睛忽然模糊了，眼淚掙扎著湧出了眼眶，止不住地往下流淌。也許是我真的長大了，與以前的自己漸行漸遠了，我不再單純，不再輕易的相信些甚麼，更不再是小孩了，也沒有誰會再把我當成小孩來看待。我知道，這一切都回不去，可是我真的好想念你，我想再經歷一次，即使不是所有小時候的時光都值得再次經歷，畢竟有些記憶每一次回想都是一次新生的浩劫。

偶爾還是會想念那個天真的你，吃一顆糖果、從老師手上得到一枚貼紙、到公園坑耍，就足以樂透一整天。你常常說想像白雪公主一樣溫柔、斯文、優雅、善良，還有每次外出時都嚷著要穿公主裙。幼稚園時期大概是最美好的年紀，沒有煩惱、沒有憂愁、沒有壓力，一天總過得很快。

回想起那個如此天真爛漫的你，有種難以言喻的感覺，有點懷念、又有點不捨。親愛的，如果可以，你就永遠當小朋友吧。

那時候天不怕地不怕、奮不顧身地奔赴遠方；現在有了不同的顧慮，每跨出一步都謹慎得很，早已不再是那樣了。未來的日子，希望你能毫不猶豫地去熱愛、去嚮往、去憧憬、去相信。

親愛的小女孩，你要一直快樂；親愛的小女孩，答應我永遠對世界充滿好奇、勇敢奔往美好；親愛的小女孩，請相信你會變得更勇敢、更熟練。

而我，會一直陪伴著你。

不是所有的旅程都有回程，人生軌道上只有通往未來的列車，你無法駐足在某個車站，每一個時間點裡的車都「僅此一輛」，錯過了就沒有任何逆轉的餘地。既然人生不能重來，那麼我想活得如煙火般絢爛！

只想對你說一句，謝謝你，未來還請多多指教。

遠方的來信

親愛的，
如果可以，
你就永遠當小朋友吧。

生 活 與 記 憶 之 間 的 碎 片

討厭自己的高敏感，討厭輕易被別人的一句話戳中自己的弱點；討厭被一些小事情壞掉好心情而整天悶悶不樂的自己；討厭那麼輕易地深陷悲傷的自己；討厭擁有敏銳的感知能力——因為過於仔細的接收別人的一字一句，你承受了太多無處安放的情緒。

你總是能看見自己哪裡不夠明亮，哪裡不夠完整。想方設法去改變，以為只要學著假裝不在乎，這樣就不會再受傷；可是在學著不在乎的過程早就已經遍體鱗傷了。

可是你知道嗎，比起避免受傷，我更希望你學會不要強迫自己變好。

***

說過很多遍不想再糾纏下去了，但總是有一些事情會讓你猶豫不決。

你很清楚停留在原地是不會抵達嚮往之地的，你卻害怕踏出那一步、離開熟悉的地方以後，就再也找不到一條能讓自己心安理得的路了；於是你和時間糾纏、和自己內心的想法糾纏，心裡還是沒有一個明確的答案。

就在四處暗淡無光、你最想放棄的時候，總是有一丁點的事情成為了你再堅持一下的理由。

於是，這次你又再次說服自己，再堅持一下。

***

我不會再因為過往某些不堪的記憶淚流滿面，不是好起來了，只是已經記不起那些曾經讓我泣不成聲的細節了。

可是我卻不想記不起 —— 曾經多麼的渴望遺忘，以為這樣就能活成輕盈的人；可原來不是，記不起反而更痛苦 —— 你清楚知道它們確確實實發生過，但無法感知當時的感覺。

我寧願想起的時候抱頭痛哭，也不願失去那些記憶 —— 有時候，遺忘比起記得更可怕、更危險。

***

美好的事物偶爾發生在平凡的生活裡，我總會想，要是美好的事物一直存在該多好啊。

我想要把時間凝固在此刻的美好裡。

有時候事物太過美好，你會不敢相信；有時候事物太過美好，你會希望一切永遠停留在這刻。有時候，只想漫無目的地行走；有時候，只想活在自己的孤島裡。

可如果只有美好的事物存在，那我們就不懂得欣賞 —— 我們會把一切的美好當成理所當然，漸漸地失去感受美好的能力。

***

孤島的溫柔

「當你覺得喘不過氣的時候，抬頭看看天空，記住我們看著同一片天空。」我就這樣輕易地受一位朋友安慰到。

我喜歡看著天空思考此刻想不通的問題、思索著未來的模樣，啊，會是怎樣的呢？未來的我安好嗎？也喜歡偶爾看著天空發呆，找到讓自己放空的時刻。

雲有屬於自己的形狀嗎？我們也有屬於自己的形狀嗎？是永恆不變的抑或是千變萬化的？我至今仍然沒有一個答案。

把時間凝固在此刻的美好裡。

03

熱 愛 是 一 種 消 磨

熱愛是一種消磨，可人因為有熱愛而變得有溫度。

想起小時候母親很常對我說的一句話：「你對所有事情都有興趣，但總是三分鐘熱度。」回想起小時候，我學過鋼琴、畫畫、跳舞、唱歌、溜冰、游泳、乒乓波、籃球、排球等，幾乎所有動態、靜態的活動，我都曾經熱愛過一段時間，但沒有幾項是　直堅持者的。

從小喜歡跑步的我，小學四年級加入了田徑隊，那時候我說：「我一定會一直跑下去，直到高中畢業。」剛開始還沒有體驗到訓練辛苦的滋味，就只是單純的喜歡，喜歡踏在紅色塑膠跑道上的感覺；喜歡跟其他同學比速度；喜歡跑步的時候，能把所有的煩惱都暫時拋棄掉，只要眼望著終點一直跑一直跑的感覺；喜歡看得見明確目標且能夠抵達的感覺。後來的訓練，先是圍繞著運動場跑六個熱身圈，再是來回跑樓梯，才正式開啟那天的訓練。每一次練習完畢都滿頭大汗，和同學一樣不斷喊著好累，雖然很累但我還是那麼的喜歡。

升上了中學，我仍是田徑隊的成員，可我不再像從前那麼喜歡跑步了，熱愛會隨著時間而沖淡嗎？

在許多次的比賽中取得過名次，每每回想站在頒獎台上的那份喜悅，仍然熱淚盈眶；每一次踏上頒獎台，都是拼命的練習、盡力比賽，初賽、複賽、決賽。用努力換來的喜悅得來不易，但為目標而努力的感覺真好，只要一直向著目標奔跑就好了。

跑步讓我獲得過成功感，每一年最期待學界比賽，和來自不同學校年紀相若的學生比拼，近幾年因為疫情很多比賽都取消了，好懷念在比賽場上閃閃發亮的自己啊。

熱愛是一種消磨，就像當你第一次考90分，你當然會很開心，可滿足感會隨著次數而遞減，第二次、第三次、第四次……獲得90分的時候已經不會再像第一次那麼開心、那麼滿足了，所以永遠要記得第一次的那種愉悅。

***

「我想當一位作家。」那年我這麼說，後來跟朋友聊起「夢想」，我都會這麼說。

寫作就像是另外一個世界，在這裡我可以創作現實生活中總總的不可能，嘗試描繪破碎和美好，在書寫的過程被療癒。這種滿足感足以支撐著我一直堅持著寫作。創作是自我療癒的過程，擁抱破碎的自己，把碎掉的部分重新拼貼。在尖酸刻薄的世界，從不奢求這世界溫柔對待所有善良的人，只希望自己成為一個有溫度的人，為世界帶來一點溫柔。書寫悲傷、書寫快樂、書寫迷惘、書寫一切，或多或少別人會從我的文字裡得到共鳴吧。

不時朋友以羨慕的口吻對我說：「真羨慕你，對自己的熱愛懷有一股熱誠，找到自己的夢想，也有想抵達的遠方。」我知道他們是真心替我高興的，然而我想說的是，並不是擁有熱愛、擁有夢想就不曾迷惘、不曾自我懷疑、不曾墜落。

比起熱愛，更多的是自我質疑。

很常質疑自己對創作或者對於中文的熱愛，是因為不夠熱愛嗎？是因為知道書寫悲傷、攤開自己內心深處，傷口就會一覽無遺，而自己還沒有足夠的勇氣去面對它嗎 —— 為了避免自己體無完膚，只好假裝甚麼事都沒有。我沒有喊痛，你或許就不會發現那是我的弱點了。

特別是現在有幸經歷寫書，也讓我看到更多課本以外的事物了 —— 我的世界不止是課本上的知識。學生時代，念書就像是我們的整個世界。常常迷失在分數裡，卻又無法逃出來；握著涌往未來的入場券，卻被困於原地動彈不得，這個是你嗎？

年紀輕輕的你，肩膊上揹著沉重的石頭 —— 文憑試；從小父母便對你碎碎唸著：「這是一場一試定生死的考試，這次失利就糟糕了，讀書讀了十多個年頭，全為了這次考試……」可是文憑試過後，你的人生還是會繼續 —— 日子不會因此而停滯不前。即使你不情願，也被迫被時間往前推移。文憑試不是唯一通往未來的車票，更不要用這張成績單去否定自己過往的努力和定義自己的價值。

也許，是別人的期望讓我們誤以為讀書是唯一出路，但不是這樣的。世界比你想像中遼闊，待自己踏遍更多、更多的角落後，總有些事物讓你驚嘆不已，還是不要放棄追逐更大的世界喔。

創作教會了我很多，也在創作上看見更多的自己了，譬如是自己的不足、妄自菲薄、自卑。但我依然熱愛寫作，它是我唯一的逃生出口，當我被圍於原地不知道怎麼逃出去的時候，就會書寫。這樣，我就沒有那麼焦慮、不安了。

我想對所有曾經或正在質疑自己的熱愛的人說，在奔往未來的路途上，走著走著難免會迷路，處於一個進退兩難的位置。想送你一句話：「倘若有天找不到回家的路，先不要急著尋找，就在不熟悉的地方飄流一段時間吧。」願你跌跌撞撞後還能堅持所愛。

為熱愛而奮不顧身地努力的你，散發著耀眼的光芒，這樣的你，很閃亮、像鑽石那般閃閃發亮。

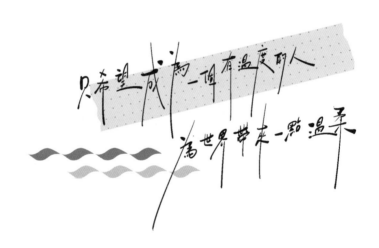

只希望成為一個有溫度的人
為世界帶來一點溫柔

04

最 珍 貴 的 禮 物

21世紀，你我都是群居網絡的人，社交媒體與我們的日常生活密不可分。在社交平台分享著自己的生活大小事情和感受，發限時動態、帖文成為了大家的日常，發過一則帖文後不忘查閱瀏覽人數及讚好，大家都好像有一種「不怕別人知道，只怕沒有人留意」的心態。隨著現今科技的發達，拉近了人與人之間的距離，卻拉遠了人與人之間的感情⋯⋯

在還沒有電子產品的時候，倘若你想與身在遠方的人溝通，就要花一些時間寫一封信然後寄出，當對方收到時可能已經是幾個星期以後了。從前，溝通談何容易；可如今打一則簡單的訊息，按下「傳送」，對方便能即時收到及回覆。我們都不會再寫信了，正正因為寫信變得罕有，我才覺得在這世代仍然願意為你寫信的人很可貴。我很喜歡手寫信，文字的溫度往往藏在每個人獨一無二的字跡裡。

我收過很多封信件：我每一年的生日，你們給我親手寫信、聖誕卡總會伴隨著一封長長的信、我難過的時候為我送上暖心的安慰、一位亦師亦友的老師送給我的信⋯⋯還有很多很多。偶爾重看這些信，總會有一種奇妙的感受。有點感動，有點不捨，有點遺憾，有點傷感，尤其是看著曾經重視的人寫下的信 —— 對於未來的我們充滿著期許、許下的承諾、說過的「永遠」，現在早已煙消雲散。世間永恆不變的，是世事無常，變幻莫測，聚散有時。

孤島的溫柔

有些信我重複看了好幾遍，每次依然感動得熱淚盈眶；有些信我不捨得把它讀完，因為再也不會收到來自那人的信了。

***

「開心的時候，就不必想起我了；但傷心的時候，想起我了便找我吧。」

第一次看這封信時，突然一陣悲從中來，頃刻眼淚從眼眶中一湧而出。不，開心的時候我也要與你分享。

「你很堅強，很懂事，也很努力，真的，我全部都感受到。可以請你以後以這份堅強，懂事，努力，好好地走下去嗎？」

謝謝你我告訴我這些，一直以來我還以為自己不夠努力，好一段時間陷入自我斥責的深淵裡，難過得很。但親愛的，我沒有很堅強，我和很多人一樣都是那麼的脆弱、易碎，以前我很討厭脆弱的自己，可是現在我學會了愛著自己的脆弱 —— 脆弱不是一種錯。

看著小學六年級寫下一封「給一年後的我」的信，年紀小小的我心卻很老，歪歪斜斜、幼稚的筆跡，卻學著大人的口吻，提醒自己要更勇敢、更堅強，還學著大人那樣擔心自己在學業方面能不能應付，又問升上中學有沒有認識到新朋友，再三叮囑自己要大膽表達自己的想法。太可愛了吧，我還寫了一些寄望給未來的自己，說希望自己成為一個溫柔且細膩的人，亦希望未來的自己能夠抵達一直以來的夢想，成為一名作家。

哎喲，怎麼年紀小小的我就急著長大 —— 學大人的口吻來關心自己。親愛的，我更希望你以小孩子既幼稚又天真的口吻關心我呢。

信件裡面的幾個錯別字顯而易見，我不禁暗忖：不是吧，這個這麼簡單的字也寫錯。但是，這個就是那時候的我啊，如此的真實。親愛的，現在的我很好，你不必操心。

那時候寫的字，一筆一劃或重或輕，每一個字都像是充滿棱角；可現在隨著我每天花上幾個小時練字，棱角一一被磨走。小時候，我還希望擺脫那些棱角，現在回看，自己真的有點傻。

人在成長中漸漸與最初的自己漸行漸遠，卻又如影隨形。偶爾回想以前的自己，會發現自己哪一部分長成了新的模樣，哪一部分依舊保存得完好無缺，任何一個微小得毫不起眼的小角落，都足以對你的往後起著巨大的變化。想要提醒自己，不要忽略任何一個能讓自己變得更好的角落喔。我們最初的模樣都不會是完美無瑕，或許你會討厭那些身上的小瑕疵，想要把它們填滿或是撫平，可是，我們是人類，不是工廠裡一部部的機器，不可能與它們一樣沒有任何的破綻；瑕疵就是你的標記，代表著你是獨一無二，無可取代。而你，要接受那些不完美，緊記你也同樣擁有著隨時改變的能力喔。

只有偶爾回想過去的自己、好好整理過去關於自己的一切，才能探索更遼闊的世界，在世界不同的角落裡遊走。

謝謝每一個願意寫信給我的人，每一封信我都有好好
保存。我親愛的朋友，好愛你們，以後的路很長，希
望我們能彼此依靠，肩並肩的走下去。

＊＊＊

我所愛的人
我想為你
寫一封信
一封有重量的信

把一切的感謝、抱歉
牢牢刻在寫下的
每一個字裡
不過於炙熱
的烙印

把一切的錯失、遺憾
輕描淡寫的帶過
像風一樣輕
一吹即散

這些話
我不要
親口告訴你
因為這樣
我也會
失去重量

【春天——晨曦】

不 約 而 同 的 默 契

每次想起那段煎熬的日子，都想對你說聲：謝謝你。

初中時一段很長的時間過得蠻顛簸。聽過很多難聽的説話。有些人會把你多踩一腳、有些人為了自己不被排擠而跟隨著大眾、有些人喜歡從別人口中了解一個人，還有些人喜歡當編劇編出一個又一個虛構且誇張的故事。那時我真的無言以對，所有不好的標籤往我身上貼，然而我卻無力擺脫。被同學針對的日子很煎熬，總在夜晚躺在床上無法入睡，我無法想像明天又會被同學怎樣非議。謝謝你願意拾起破碎的我，哭得多麼醜的樣子都被你看過，謝謝你沒有嫌棄那個我。現在回想起這件事還會有疼痛的感覺，但慶幸身邊有你這位這麼好的朋友，亦想提醒自己不要從別人口中去了解一個人。不知從那裡聽來「你永遠會記得那個人對你的好」這句話，別人對你的好你是不會忘記的。

總覺得我們之間有一種奇妙的關係，異常地有默契。奇怪的是，那次我們同時看錯時間表，不約而同地回校上課。這件事可能我們以後畢業了也忘不掉……還有很多尷尬的事情呢。

記得你第一次與我分享心事，謝謝你信任我，很開心能成為你的小樹洞。你曾告訴過我你的夢想，或許會因為現實而未能實現，但我希望你不要把它忘記，更不要忘記這個夢想背後的故事。雖然我們的夢想不一樣，但或多或少都有相似的地方。當時我們天真地幻

想著在自己的崗位上互相幫助，每次回想起那時的我們都忍不住說一句「啊，真美好」。

每逢測驗、考試的日子，我們總會在回校的路途上互相出考題考對方；待考試完畢的那天，回家放下書包便立刻約出來玩。一起溫習、玩樂的日子很快樂。

一起放肆地笑、一起做尷尬的事、一起陪著對方哭、一起談夢想、一起聊哲學的話題、一起去看海、一起看舞台劇，還有很多很多的一起……

許一個願，願我們能一起長大。我常常想著我們長大的模樣，但我不想這麼快長大。

長大以後，還是要保持童真呀。就把所有大人認為幼稚的想法全都藏在那裡，但不要上鎖。

長大以後，
還是要保持童真呀！

快 樂 的 時 光 總 是 那 麼 的 純 粹

你我終究敵不過時間的殘忍，一天一天的長大，有些純粹永遠停留在以前，偶爾回憶才能緊記自己最初的模樣，提醒自己不要失去純真。

曾經擁有過一段時光，看似簡單的日子，原來是那麼的純粹、那麼的快樂，我至今仍無法忘記。啊，那個年紀，擁有著最真摯的笑容，最單純的頭腦。

幼稚園高班的那個暑假我寄居在阿姨家。早上的陽光溫溫的，不會太過灼熱，阿姨會帶我到樓下的公園玩，趕在正午被那熔岩般炙熱的太陽灑落在頭頂之前，玩得盡興。

那段時候還認識了隔壁的小女孩 —— 斐晴，她成為了我的玩伴。每一個陽光明媚的早上，喝一杯溫溫的牛奶後，我便會到她家門前，踮起腳尖，手伸得直直的，想要觸碰那高得很的門鈴。可是個子太小了，無法讓門鈴唱出「叮咚……叮咚、叮咚……」的歌聲，這時站在電梯口的阿姨便會上前幫我按下門鈴，然後又迅速躲在電梯口。她總是這樣，大抵是大人會覺得不好意思打擾別人吧。

斐晴的媽媽很聰明，還沒把大門完全打開便會喊「小妹妹來找你了！」她總能猜測到是我。

開門後我急不及待地跟她說:「我們下樓玩吧。」

「我現在就去換衣服,你等等喔!」話畢,她立刻進房間換衣服。

我就站在門口偷瞄她從房間出來沒,心急的我在心裡默默數著「一、二、三、四……五十九、六十」,一旦唸到六十她還沒走出來的話,便會興奮地問:「好了嗎?快一點、快一點,不然的話我們要被太陽伯伯『懲罰』了。」

我倆小手牽小手的走到電梯口,阿姨也終於被她媽媽發現了,她們互相揮揮手,點頭微笑。

***

一天,我看到一個小朋友穿著直排輪溜呀溜,在地上溜了幾個大圓圈後又溜了一個「8」字,我目不轉睛,期待著他更多的花式。阿姨看見我一副渴望的樣子,她問我想不想玩,我當然想啊,就這樣我擁有了滾軸溜冰鞋。

阿姨看過教學片後教我滾軸溜冰,她沒有學過滾軸溜冰卻像一名教練,循循善誘地教導我,先扶著我一步一步的溜,再教我「T字剎車」、「後退葫蘆型」。

「來吧,扶著我的手。」阿姨溫柔地說。

她那雙溫暖的手變成了我緊緊扶著的欄杆。一小步、再一小步地溜,我不敢跨出一大步,我害怕跌倒,害怕痛。能夠有「扶手」總讓我心安。練習了很多次,我慢慢掌握到平衡感,這時阿姨手一鬆,我一不留神便跌在地上了,幸好有做足安全防護,我沒有擦傷,但嚇到我了,我不喜歡這種沒有安全感的感覺。

「可以一直扶著我嗎？」我問。阿姨搖搖頭。當時還小的我不明白為甚麼，只知道怕痛。

後來我學會了滾軸溜冰，還告訴了斐晴。她羨慕極了，說要借來玩。現在，我可是小老師了，讓我教你溜吧。我們從溜滑梯、盪鞦韆變成了滾軸溜冰，但沒有變的是，一起玩樂時總是嘻嘻哈哈的，開心得很。

***

過了這麼久，滾軸溜冰鞋也換了兩對，可是自從升上小學五年級後，課業壓力愈來愈大，它就被我棄置在家中的一角。

今天突然心血來潮，把布滿塵埃的滾軸溜冰鞋抹一抹後，獨自到附近的滾軸溜冰場重拾那段時光的快樂。

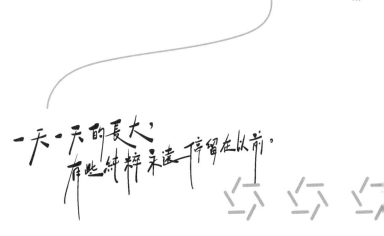

一天一天的長大，有些純粹永遠停留在以前，

餘 生 會 給 你 一 個 解 答

—— 獻給夏芷榛

清晨時分我被電話的鈴聲吵醒了,一邊暗忖是誰一大清早把我吵醒,一邊不情願地接過電話。

芷榛在電話裡斷斷續續地説:「昨晚我又夢見他了,我好想念他,然而我知道再也無法回到他身邊。那時每一個夜晚,窗外月亮都散發著斑斕的光芒,宛如他臉上的輪廓清晰可見。曾經,我把自己世界裡的全部都給了他,他以愛與吻回報我。可是如今,我的世界只剩下他的殘影。」

我能聽出她微弱的哭泣聲。

她沉默了幾分鐘後問:「我該怎樣去忘記傷痛的記憶?要怎樣放下那段關係?」

聽到這番話後,我説:「我知道這段時間你都在努力,試圖抹去那些記憶,但是不要強迫自己忘掉,愈想忘記一段記憶反而會愈深刻。曾經深深的愛過,破碎時才『擲地有傷』,就容許自己放不下那些付出過的真心、受過的傷、愛過的人吧。不要緊,終有那麼一天這段記憶不再是你的絆腳石。」

我清楚記得,她被他拋棄的那一天哭得撕心裂肺,一把沙啞的聲音在電話裡哽咽:「他……他不要我了。」她還是對他念念不忘,但念念不忘不一定會有迴響。

***

春天——晨曦

「所有的好事和壞事都是暫時的,是我們的記憶讓它們變成永恆。」──張西

當時聽到這句話我很認同也覺得悲傷無比,記憶真的非常殘忍啊,所有好的、壞的,重要的、不重要的,全都刻在記憶深處。你偶爾被它的尖銳割傷,偶爾回想起又令你流連忘返,回神過來你才驚覺一切早已灰飛煙滅,使你痛心疾首。

有些記憶看似平坦,殊不知它才是元兇,你被它傷得體無完膚。

或許從來都不存在真正的放下,無論在哪一個時候憶起那些事情都會對它有感覺啊,可能是疼痛的感覺,難堪的感覺,想要彌補卻無能為力的感覺,但是啊,你會在每個不同的階段對原本視為傷口的記憶有著不一樣的感受或是新的想法,你也終於可以勇敢的對自己說:「啊,我又長成了新的模樣。」而每一次從上一個情感過度到下一個,新的感受都會有所得著 ── 原來我是一個這樣的人,有過這樣的情感。

親愛的,慢慢來,不急,你終會學會以新的眼光看待舊的事物。

我不是説要全然接受那些錯誤、大方原諒。畢竟它是你身上泛出的一部分，久經年月，留下了深深的痕跡，但你可以好好安放那些無處放置的人事物。我知道，有些事情要花上一生的時間釋懷，甚或是一生都無法釋懷。何必強迫自己放下呢？帶著那些放不下的人事物，在未來以另一種方式記念他們。

親愛的，餘生還很長，不用急著遺忘，餘生會給你一個解答。

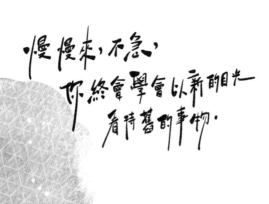

【春天——晨曦】

慢慢來，不急，
你終會學會以新的目光
看待舊的事物．

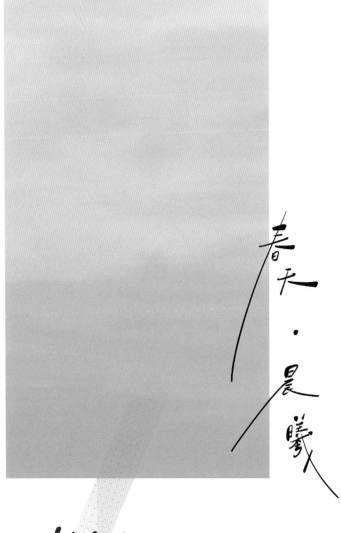

春天‧晨曦

親愛的，
餘生會給你一個解答──

夏天‧大海

夏天的時候，我很常到海邊看海，
感覺大海有種治癒傷口的力量。

我常常覺得，大海浩瀚無垠，一定承載著很多人的心事吧。
我喜歡獨自一個去看海，特別是悲傷、不安、焦慮、鬱悶、心煩時。
看海時總會讓我陷入沉思，每當陷入了沉思的洞裡便久久不能自拔，
一直放大一切的不安與悲傷，
我好像只能以這種方式得到一點救贖。
我想與大海融為一體。就讓大海擁抱著我，
治癒我大大小小、深深淺淺的傷痕。

那裡藏著只屬於我與大海的秘密，

承載著我的悲傷。

悲傷時，去看海吧。

一生向海。

別 人 的 故 事 不 應 由 你 解 讀

沒有真正經歷過的人,是不會懂的。

我有一個小習慣,會把朋友IG帳戶的「帖文通知」開啟 —— 不想錯過每一篇帖文。

「叮!」

手機的訊息欄顯示「『夏芷榛的小宇宙』發布了一個帖子」,我極其好奇(芷榛一向不發文亦不活躍在社交平台),於是按下「開啟」。

一張黑白的帖文照片附上文字說明,照片中的她獨自坐在海旁,看著一望無際的大海,樣子有點愁。我再往下滑,是密密麻麻的文字,我猜過一千字吧。從文字中,深深感受到芷榛的絕望、無力與悲慟,千字描述自己多年的經歷,讓人心酸。

芷榛生於單親家庭,自小便與母親住在一起,但她們的關係並不好。幾年前母親再婚。繼父對芷榛一直都很糟糕,每當母親不在家的時候,便對芷榛吐出一堆難聽的說話、連綿不絕的辱罵與威脅。懦弱的芷榛不敢告知母親,所以被他一直欺負。她曾經嘗試過與母親提起繼父對她所做的事,卻換來母親的一句「我選擇再婚也不是因為你嗎?是為了給予你一個完整的家庭啊!我不管,你自己與繼父好好溝通吧。」芷榛知道,母親會再婚說到底還是為了她自己。

「我不知道堅持的理由，生活充滿讓人無比痛苦的事，我感覺現在自己僅僅剩下一具空殼，靈魂早已死去。這段行屍走肉的日子似乎沒有盡頭，我好像無法逆轉厄運。」帖文的這段話更使我的心臟被掏空般痛，我心痛她，更恨自己不能拯救這女孩，我永遠無法體會她的人生，永遠、永遠……

＊＊＊

帖文充斥著各式各樣的留言，有人出於同情，安慰芷榛；有人出於八卦，向芷榛提出問題；甚至有人出言批評，否定芷榛的痛苦。我看著留言區五花八門令人傷心至極的冷言冷語——「你的遭遇還不算太差，世上還有很多比你可憐的人，你知道嗎？」、「你真的太年輕了，沒有真正經歷過痛苦。」、「不要太過傷心。」……就是一堆令人更傷心的話罷了。

良久，此帖文消失在芷榛的帳號上。大概是悲傷太過巨大，說出口也沒有人能接住，痛苦無法被理解吧。

在眾多朋友眼中，芷榛是個滿臉笑容的女孩，然而快樂的背面藏著深不見底的傷口。而笑容的背面或許是每天早上對著鏡子練習微笑，強迫自己把硬繃繃的笑容掛在小臉龐上。

我私訊了一段文字給芷榛：「我們先來稱讚一下自己吧，你很棒，一直以來獨自承受了這麼多。謝謝你願意與我們分享自己的痛苦，我會陪著你，需要耳朵的話，我隨時都在。」

即使我的故事有多麼不堪，都不必由你解讀、更不需要你替我賦予它一個美好的結局，所謂的美好本來就不美好。而我的痛苦，你是無法懂得。每個人都有屬於自己的故事，別人的故事不應由你解讀。

再親近的朋友也好，終究一些苦，是無法向他人訴説的。我們都渴望被理解，渴望別人輕撫著我們的頭説著：「哭吧，不要怕，有我在啊。」然後再給你一個擁抱。這樣就好，這樣就好。

你會很痛苦，別人懂你一部分的苦，但卻無法全然明白。別人一副似懂非懂的模樣，讓你更痛苦。理解會存在偏差，沒有人能真正的懂誰。儘管你用盡全力試著了解，但仍然無法真正的感同身受。你常以自以為是的認知去表示「理解」，然而這份「理解」使人更難堪。

沒有人懂你，但至少，我們還有自己啊。既然我們自己經歷過那些痛苦的感覺，那就盡可能不讓身邊的人受同樣的苦，好好愛他們，更要好好愛自己。

＊＊＊

「你覺得人與人之間能感同身受嗎？」一位朋友問我。「世上沒有真正的感同身受，我們都沒有經歷過別人的人生，亦沒辦法把對方的經歷、感受，完完整整的複製到我們身上，不會真正知道對方的傷口究竟有多深、有多痛。不是每個人都可以親身經歷另外一個人的痛苦，而假惺惺的感同身受是這個世界極為醜陋的一面。」我認真地思索幾番，才作出回應。

理解總存在偏差，當你所期望別人的理解與現實不同時，你還會覺得被理解嗎？很多時候，我們都自以為明白別人有多痛，但真的是這樣嗎？

我們都渴望被安慰、被理解，但有些痛苦是永遠無法被理解的。被理解是一種奢侈，對待自己寬容一點。同理心並非同情，不是要憐憫對方，而是站在對方的角度，感受對方的感覺。

被理解是一種奢侈，
對待己寬容一點。

02

丟 失 了 的 自 信

致我的孤島：

從前你就不是一個自信滿滿的人，但那時你有足夠的自信。

不知道從哪個時候開始、不知道在哪個時候被誰的影響，自信漸漸地磨走、再也不復見，永遠停止在以前。也許是從前就沒有思考過自己有沒有自信，所以現在意識到，才會如此狠狠地摔了一跤。這次的傷口特別深，血水像一直長開著的水龍頭，爭先恐後、連綿不絕地湧出。我想要止血，但找不到出血的位置。我只能一人在這孤獨星球裡奢望著那些不可能。「又有誰願意到訪我這個沒有耀眼的星辰、洶湧的海浪、溫柔的治癒的星球呢。」我嘆著氣喃喃自語。

你總是覺得自己做不好，但是這種想法只會讓你愈來愈難向前走。一位朋友經常跟我說，很多時候，不是你做不好，而是缺乏自信。而且很多次的結果都在告訴你，其實你很優秀喔。所以，我希望你自信些。

親愛的，我希望你找回失去了的自信、把零碎的拼湊起來。

遠方的來信

有一個故事是這樣的。

一次，你因為一場災難而被困在地底下。當救護嘗試營救你的時候，你卻無力試著逃出。救護沒有辦法硬生生把你拉出來，只能隔著地面嘗試勸你勇敢走出來。無論如何用蠻力把泥土鑿開或是用各種辦法勸說你，你也無動於衷。

唯一的辦法就是你先勇敢地試著走出來，救護才能夠把你救回地面。

你渴望著救護能把那層泥土鑿開，希望自己不需用半點力就能被救出，但你必須要先自己勇敢面對，才能讓別人幫助你。

我們無法拯救任何人，尤其是對方不想被拯救的時候。這是好殘忍的事實，看著別人受苦，我們好想去拯救，但卻無法拯救，只能一直在他們身邊給予陪伴。

不要去成就那些不可能的大愛。

─────────

我們都有過「溫暖別人」的想法。想要讓自己照亮別人，儘管只能照亮很少的人。特別是身邊的朋友。逐漸我好像明白了，其實我們到底要用多大的力氣才能把別人從深淵裡拖出來？或許我們花光了力氣還是做不到。但其實，如果我們要耗盡自己的力氣去拯救一

個人，而最後未能成功，我們可能就會怪責自己，因為我們很想很想幫他們。但這樣的話，我們不僅拯救不到別人，更沒有留下甚麼給自己。

會不會是我們都不是那麼的美好、那麼的閃閃發光，但是我們仍然努力地成為黑暗中的一點點的光。即使只是一點點，沒有辦法令身邊的人變好。但我們已經令自己變得更好了。

雖然拯救他人真的很難，但當你試圖給他人溫暖時，你就已經在發光了，希望你能一直這麼相信。我們都要努力成為更勇敢、更柔軟的人啊！

成為溫柔的人很難喔，但我們都努力著。

【 夏天 —— 大海 】

————————

「我很想拯救她，我不忍心看見她痛苦的樣子。她對我說，很辛苦，活得很累，承受了很多痛苦。在我能力範圍內，我能做的都做了，我聽著她向我訴苦，我有點不明白她的需要，她只是想傾訴？好像不是。她想得到我的回應？好像也不是。此刻，我只知道，自己很想拯救她。」曾經我是這樣的。

後來我終於明白，當我們很著急但別人從不著急的時候，給他人再多，剩下的都只會是擔心而已 —— 不要把別人的痛苦成為你的責任啊。

她以為那些碎片總有一天會得到回應，但並沒有。也許不是所有的最終都會得到一個讓你釋懷的答案。到現在，她還是會反覆為著那些事情傷春悲秋。

我無法控制她哪個時候會好起來，但我會不斷提醒、陪伴她，令她感受到愛。

04

溫柔是懂得去愛那些缺口

你要懂得去愛那些不完滿、那些缺口。

所謂的「完美」只是人類為了好過一些而想像出來的，它與你有沒有盡力無關。

收到「中三分班意願」表格，這幾個星期裡我徘徊在選擇升讀英文班與中文班之間，心裡盡是猶豫、不安、恐懼、迷惘，我不知道我的選擇會為未來帶來一個怎樣的改變。我會踏上怎樣的旅途、遇到怎樣的風景、見識到哪一面的世界？我不知道。此刻我多麼想擁有預知未來的能力，你知道嗎？

問過不同人的意見，老師說我有能力應付英文的教學內容、父母讓我自己選擇、與朋友有共識：想進同一班。

我之所以思前想後也不知該做哪一個選擇，大抵是著緊、重視選擇帶來的改變吧。中三是關鍵的一年，學期尾將面臨選科，要是成績不理想，很大機會選不到自己心儀的科目。

在英文班裡，可能要承受付出了比別人多好幾倍的努力，成績仍然未如理想的風險。競爭比想像中激烈得多，學習氣氛比較濃厚，對選科的幫助比較大，但代價是背負著排山倒海的壓力；相反中文班比較輕鬆，在那裡可能要更自律 —— 不受別人影響，努力讀書。

孤島的溫柔

45

我日以繼夜的左思右想，然而好像無論作出哪一個選擇，我都有後悔的餘地，我才猶豫不決。

到了提交表格的最後一刻，我選擇了英文班，我並沒有鬆一口氣的感覺，內心仍是滿滿的不安與害怕，想到可能與好朋友分開、想到自己能不能適應、想到我可能會後悔、想到平行時空的自己，我總覺得這不是最好的選擇。很渴望有人能告訴我，究竟怎樣的選擇才是最好的選擇。

後來我決定放過自己——既然無論哪一個選擇都不會是一百分，選擇了就不要再回想了，決定了要去挑戰自己的話就想辦法充實自己，提前擔心也沒有用。人生本來就是一個接一個的難關，總要學會去習慣，去學習下一次應對得更好。

親愛的，我希望你知道，每一個選擇背後都隱藏著它的不圓滿，從來都沒有最好的決定，只有你當時最想要的決定。學會去愛那些缺口，不要把缺口當成缺陷，亦不要把它視為一種污點，而我相信，你可以在缺口中種出盛開的花朵。

我只希望，你做一個只屬於自己的決定。而這個決定，不用向任何人解釋。

記於2021年8月25日

————————

寫這篇的時候還是中二升中三的那個暑假；現在都快要讀完中三了，再回頭看看那時候的自己，那樣的煩惱真的好稚嫩、好可愛。

那段時間裡對未知不確定的感覺，現在重述這段記憶時仍然歷歷在目，並沒有因為時間的流逝而抹走那份不安。看著那時候的自己，好想輕輕的拍拍她說：「不用擔心，你可以的喔！」

從來沒想過有一天自己能走到這麼遠的地方，那些你曾經以為自己做不到的事情，後來你都做到了；你都這樣走過來了。

在往後的日子裡，如果感到不安、恐懼，就想想以前，希望那些曾經都能給你一點點前進的勇氣。

未知充滿恐懼，也充滿可能性。

你可以在缺口中種出盛開的花朵。

05

所 有 人 都 是 平 凡 的

你渴望出眾、渴望優秀的成績、渴望突出的才能，渴望像星辰般耀眼。

平凡從來不是大家最嚮往的，甚至你會討厭平凡。就譬如班上總有第一名也有最後一名，但我們並不會渴望被夾在中間的位置，又或者成為那個最「突出」的最後一名吧。

是不是我們對「平凡」的理解錯誤，又或是社會的氛圍導致大家都覺得出眾才好？小時候，總被灌輸努力考取功名；長大成人，認為必須事業有成。我們總是會羨慕、渴望成為最優秀的人，就漸漸會覺得好像出眾才是厲害，而其他的都只是個平平無奇的人、渺小的存在。但是啊，你沒有得到第一名並不代表你不優秀。

其實每個人都是平凡的，世上沒有所謂的「最出眾的人」，而每個人的平凡都是獨一無二的。接受自己的平凡，然後不斷努力成為一個平凡且溫柔的人吧。平凡也是一種特別，願你在平凡裡找到屬於自己的位置。

願你在平凡裡
找到屬於自己的位置。

大海像是能接納我的悲傷，
再以一把溫柔的聲音治癒我

在網上看到一個有趣的投票，提問是「如果世上只能夠存在山或海其中一樣，你會選擇哪一樣？」

我一定會選擇大海，大海是我唯一的救贖，我是向海而生。而且我不喜歡山丘，一座座高高低低的山，如同高聳林立的大廈，總讓人喘不過氣。

你們呢？喜歡山還是海？

***

每一次去看海，都會想：海一定知道很多人的心事吧。大海能承受那些我無法承載的悲傷，倘若我是大海，那麼是不是就能承受一切的悲傷了？

我總是靜靜的坐在岸邊聽著海浪聲，很治癒。波濤洶湧過後，是平靜的海浪，是溫柔的。一浪接一浪的，感覺永遠不會靜止。有沒有一些事物會像海浪一樣呢？

我喜歡獨自一個去看海，特別是悲傷、不安、焦慮、鬱悶、心煩時。看海時總會讓我陷入沉思，每當陷入了沉思的洞裡便久久不能自拔，一直放大一切的不安與悲傷，我好像只能以這種方式得到一點救贖。我想與大海融為一體。就讓大海擁抱著我，治癒我大大小小、深深淺淺的傷痕。但有些傷口至今仍然不必撫平，是因為無法承受撫平、復發、再撫平，這種反反覆覆的劇痛，每次撫平後只有表面的光鮮亮麗且一閃而逝。

***

「如果生命只剩下24小時，你會怎麼過？」與友人聊天時想起這條問題。

我思考了良久，最後得出一個這樣的答案：和大海融為一體很不錯，就讓大海擁抱著我，閉上眼睛死去吧。

我想把過往留在人間，來生歸屬大海。

一千個人就有一千個最後一天，但沒有甚麼比珍惜當下來得重要，倘若我們知道自己生命的限期，也許會懂得更珍惜所擁有的事物、所愛的人。

＊＊＊

平行時空 —— 她與大海的秘密

「她曾經告訴過我，她很喜歡大海，像是所有的悲傷都會被大海接納。

我拾起棄置的塑膠瓶，裡面的紙條寫著『一鯨落，萬物生。』

是她留下的。

她與大海融為一體。」

《靜止》

我想把過往留在人間，來生歸屬大海。

再 一 次

再一次的話

可不可以彌補那些早已決裂得無法挽回的關係

再一次的話

可不可以撫平那些曾經傷得很深、很徹底的傷口

再一次的話

可不可以把破碎的自己重新拼貼

如果、如果

再一次

多希望你疼愛自己多點

一 生 都 活 在 雨 季

記憶中的那場雨，下了一整年。我整個人泡在水裡，日子久了，皮膚變得皺皺的，明明還年輕，我卻覺得衰老。

***

悲傷與抑鬱只是一線之差。

一直我都是一個情緒比較敏感的人，很容易會傷心，情緒起伏很大，也很容易放大自己的悲傷。但這一年我沒有大悲大喜，對情緒的感知毫不敏感，甚至對於發生的事沒有感覺。

去年有過一段很長的時間，做任何事情都無法感受到真正的快樂，很多時候不知道自己是真的傷心還是怎樣，有時候真的很傷心時依然會覺得好像沒有真的很傷心，說白一點，就是在否認自己的情緒。我不知道真正的傷心是怎樣的，連自己也不清楚真實的感受。這種介乎「是」與「不是」的感覺一直在我內心裡蕩漾。

難過的時候，不知道自己是真的難過抑或是一切都是我想像而成的，我分不清。發生在別人身上的事，我異常地有強烈的代入感，很在意他們的悲傷、想法，想要用盡方法拯救他們。然而自己所經歷的事情，卻無法感知任何情緒。

曾經有一次，我真的好崩潰、好崩潰，覺得自己撐不下去了，於是我鼓起了勇氣向一位要好的朋友傾訴。

孤島的溫柔

我卻無法訴說自己的悲傷、情緒與感受，就連一段完整的段落我也組織不了。單是回想這個步驟，我已經要花好大的力氣才想到一些零碎的片段，更遑論表達出來。我說不出自己的感受，也說不出發生過的事情。更多的是我根本回想不起那些事情，我的思緒像一杯混濁的泥水。

無法表達自我或是不知道該如何說，也說不出自己的感受的感覺，像魚刺卡在喉嚨一樣。我清楚知道是哪些人事物使我受傷、使我疼痛，但我沒有辦法去回想、再一次去感受當時的感覺。我的心臟被咬了一口，從此以後不再完整。

一段很長的時間裡，我的天空只有烏雲與雨水籠罩著，看不見太陽，看不見月亮，看不見星辰。我不怕一場突如其來的大雨，害怕的是從此被雨水浸著，沒有雨傘擋雨，也沒有人為我擋雨。

我覺得，自己一生都活在雨季。

我的心臟被咬了一口，
從此以後不再完整。

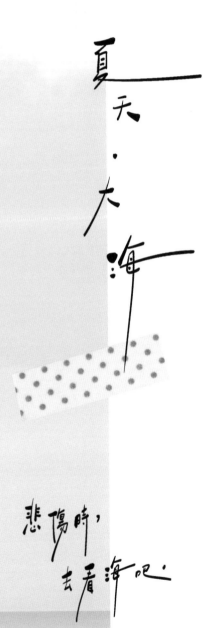

夏天・大海

孤島的溫柔

悲傷時，去看海吧．

秋天·落葉

秋天，最短暫的季節，留下的痕跡卻如此鮮明。

萬物皆有它的花期，璀璨過後，皆有凋零的一天。
綠油油的葉子在秋天變得煞黃煞黃繼而落下，
落葉為荒涼的大地渲染一片金黃。

落葉象徵著枯萎，更象徵著變化。
人生裡有不同的轉變，
有離別、自我的改變，以及我對於愛的形狀。
從討厭自己到慢慢嘗試接受自己、
從覺得不被愛到學著在錯誤表達的愛裡
尋找被愛的碎屑，
這全是一個蛻變的過程。

這次的道別，
誰能告訴我再次相見的日期

致我的孤島：

今天想跟你說一個我最深刻的離別經歷。

我與她終於要說再見了，她要奔向未知，闖蕩與探索更遼闊的世界。因為疫情的緣故，她足足等待了兩年。到台灣讀書是她夢寐以求的願望，今天她終於實現了。我很是高興。

與她認識第一天，已經知道她會出國讀書，那時覺得好可惜沒有早點認識她。

原來永遠不會準備好離別，當我回頭一看，想要好好記住她現在的模樣時，腦海戛然浮現我倆許多美好的回憶：一起乘搭長途巴士到郊外看海、在天台上互相傾訴的那些深夜、在沉悶的數學課聊起哲學話題，你我帶著人生的疑問下課……回憶總像巨大的浪潮，一浪接一浪、永不靜止，每一個畫面在我眼前一掠而過，而我的淚水就如開了的水龍頭。回神過來，你給了我一個深深的擁抱，靠近我的耳朵輕聲細語地說：「未來，我還想送你很多很多擁抱，擁抱著柔軟的你。」她溫柔的聲線更令我無法停止哭泣，我現在已經很想念她了，我們可以一直緊緊的擁抱著嗎，不要鬆開手喔，否則我們會不知道下次相擁的時刻。

「離開的時候記得微笑，因為我想在回憶裡的我們永遠都是快樂的。」但我只知道，離開時我們只會淚灑現場，緊緊擁抱著⋯⋯我們亦知道這次的再見沒有限期。

可以的話，我想永遠停留在那個時候。有些回憶太過珍貴，你從不敢回想，怕觸碰到一丁點便會破碎。有些回憶太過平淡，你早已忘記得一乾二淨。

一直我們都有不約而同的默契 —— 關於離別的一切不說出口。「我不捨得你」這類的說話從來不會出現在我們的對話裡，不是我們不熟悉、不是我們不重視、不是我們有準備好離別的勇氣，而是害怕離別、害怕看見不捨的樣子、更害怕不辭而別。多少次差一點把不捨說出口，最後還是強行收回。還有不小心說了出口，也假裝聽不見。其實，你我都知道、都懂。

我們探討過很多哲學話題，你問過我、我也問過你，活著的理由，我們都沒有答案。但是現在我覺得，人生其實真的沒甚麼意義，硬要把生命想得偉大其實會很痛苦，活在當下就好了。

謝謝你願意與我分享自己的故事，讓我替你分擔一小部分。一直以來獨自承受了這麼多，辛苦了。有任何事隨時找我，我會一直在。能被你信任，我感到幸福。

因為曾經靠近過，所以感受到溫暖。

未來的日子希望你一切安好，願我們活得熠熠生輝。相約在成功的未來相見吧！我深信，這次的離別會讓我們在下一次相見時更懂得以怎樣的姿態奔往未來。

隨時回來吧，我會在香港默默等待你。

14歲的敏感，因為有了陪伴的身影，而不再感到孤單，我知道你理解這樣的我，並接納著、愛著這樣的我，那麼好像就有繼續前進的勇氣了

親愛的孤島，14歲是個多麼青澀的年紀，願你也一樣奮不顧身地奔往理想的遠方，請緊記你是怎樣啟程、怎樣跌倒、怎樣奔往、怎樣抵達。

願你以最初的模樣歸來。

遠方的來信

願你以最初的模樣歸來。

02

生 日 快 樂 ，歲 歲 平 安

親愛的Q：

生日快樂！當你看到這封生日信的時候，我們已經不能再身處同一個空間、呼吸一樣的空氣，我們不再能在對方生日的那天親手送上最真摯的祝福了，但是，你知道嗎？雖然身處的地方不再一樣，但我一樣在你身邊，看看我們交換的毛公仔，它會代替我在你的身邊，一直默默地守護你。倘若有天，遇到煩心的事、倒楣的日子、受了傷、難過了、悲傷了、想不通了⋯⋯也許還有很多預料之外的日子，請先不要慌，用盡最大力氣緊緊地擁抱住公毛仔，告訴它一切令你不安的人事物吧。它會一直陪著你，我也會。

15歲了，別忘了要感謝自己一直以來的堅強，你很棒，很勇敢亦很善良，但願你保持這份初心繼續奔往理想的路上，終會抵達。做一個為自己驕傲的女孩。

倘若有天你覺得不被世界溫柔對待，只是世界愛你的方式未如你所期。

現在與家人分隔異地，有沒有更自由、更找到自我、更為自己著想？我們往往對自己太過苛刻，對自己寬容點，不需要每分每秒如臨大敵般，你所經歷過的遭

遇，未必所有的都能使你變得更好，但你將會更懂得如何善待自己及別人。心疼你呀。

抱歉未能常常與你分享這邊一切的事情，但我沒有忘記你。

願一切安好。

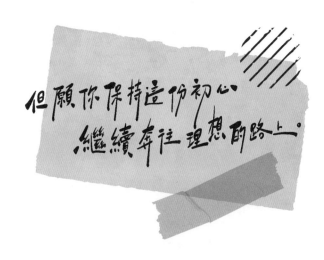

但願你保持這份初心，
繼續奔往理想的路上。

日常生活小領悟

在哪一個瞬間讓你覺得自己長大了？

自己一個人搬出去住的時候、離鄉別井到外地讀書的時候、懂得報喜不報憂的時候、學會為自己的選擇負責任的時候、親人離世的時候、父母離婚的時候、不再甚麼都依賴父母的時候、獨自吞下委屈的時候、學著大人告訴自己不要浪費時間哭，或是哭解決不了問題的時候……

昨晚忘記設定鬧鐘，今天早上遲了半小時起床，還是父親叫我起床我才知道要起床。一起來已經七點了，嚇得我整個人懵懵的都變得精神起來。心裡有一絲的抱怨，唸著「為甚麼不早點叫我起床」。但我想：這也不是他的責任，是我忘記設定鬧鐘，怎能怪他呢？很快我就沒有再處於抱怨的狀態了，當時一直跟自己說：你要學會獨立，你不是小朋友，父母不再會協助你所有的事情。你要知道，這是你自己的責任啊。

嗯，那刻忽然覺得自己成長了很多，從以前依賴性強的我，到現在獨力承擔的我，不知從哪個時候開始，愈親的人反而愈陌生，我不會再告訴他們關於學校、朋友、自己的事情，因為覺得他們不一定能理解，這是我的課題。

也許，有時成長就是這一回事，就是在一刻令你覺得自己長大了。

人 與 人 的 裂 痕 無 法 修 補 ，
只 會 愈 來 愈 多

前幾天在學校製作陶瓷杯，記得小學時的視藝課也總有幾堂是製作陶瓷。

在製作陶瓷的過程中出現裂痕很常見，揉的力度過大，或是一不小心便會使陶泥有裂痕，所以要溫柔地對待它。把手沾上幾滴水，塗在出現裂痕的部分便可撫平。但塗的水太多，會使泥土的乾濕度不一致；太少，未能修補裂紋。待撫平後，它又回復原樣，完整無缺。只要填補、填滿便能回到無痕的模樣。

人生無法像製作陶瓷。出現裂痕、填補、然後撫平，修修補補始終無法彌補深深淺淺的裂紋。人與人之間的關係就像陶泥，一旦水分失平衡，便會出現那些未曾見過的裂痕，愈來愈多、愈來愈多。而最終這件陶瓷即使外表豔麗也只會被人嫌棄。

製作陶瓷杯的時候偶爾出現裂紋，我沾上幾滴水塗在裂紋上時，想起了一位曾經要好的朋友，和她決裂也只是一瞬間的事。

「曾經我以為她會是我永遠的朋友，曾經我以為我們以前許的願望會成真，但只是曾經。原來，沒有永遠的朋友。永遠、永遠，永遠變幻莫測。所有的關係都有一個既定的限期，沒有人能控制另一個人的離開。」

「偶爾想起天真的我們，嘴角還是會上揚。只是可惜，我們都不會再是當時的我們，而曾經的約定，已煙消雲散且消失得無影無蹤。我會把記憶小心翼翼地呵護著，讓它成為心裡最柔軟的部分。有空的話，我會在碎屑裡尋找曾經快樂的線索，就讓我們的記憶永遠停留在那裡吧。」

＊＊＊

「昨夜夢到你，夢裡夢外的我，都是泣不成聲。曾經，一起走過的路；曾經，一起許下的約定。那時的天真爛漫，現已無法重現。我變得成熟，你變得更加現實。我永遠會記得，你曾經溫暖過我，讓我知道我也是個溫柔的人，在無數個不見五指的黑夜裡拯救過我。謝謝你來過我的世界。」

「我常想著，你過得好嗎？平行時空的我是不是一直陪伴著你呢？你一直努力地讓身邊的人過得好一點，不要忘了讓自己也過得好一點啊！答應我，好不好、好不好？」

＊＊＊

人與人的關係薄弱得很，上一個瞬間與下一個瞬間可以是截然不同。有過裂縫的感情就算重新拼貼，雖然表面光鮮亮麗，但只有你知道背後早已腐爛得無法再彌補。

05

破 碎 再 拾 起 ， 擁 抱 零 碎 的

想為13歲歸納成一句話：破碎再拾起，擁抱零碎的。

―――――――

你不是一個特別的人，跟很多人一樣，一如既往悲傷，一如既往期待著甚麼；換來一次次的失望，一如既往比較。你不喜歡、不甘心總被夾在中間的位置，你渴望不平凡、渴望出眾、渴望優秀的成績、渴望突出的才能、渴望像星辰般耀眼。

可是你知道嗎，平凡的人，也可以擁有不平凡的人生。

―――――――

當期望與實況有所差異，期望落差便會出現。練習把願望變成能夠靠自己實現的範圍，可以繼續相信但不要把所有寄托都奉獻了。願你的心底仍然有一個位置是屬於盼望。

―――――――

我們總習慣「聚」，卻忘記了「散」。總來不及把最想說的說出口。

再見原來是再也不見。真正的離別總是無聲無息，你以為的突然原來是一場漫長的疏遠。

―――――――

【 秋天 — 落葉 】

感受到自己漸漸在成長中，那些消失了的純粹、散落的勇敢，不知道停止在哪一個時候。但你依然對未來有很多憧憬，充滿著美好的幻想。

美好的定義不在於他人，是你本身。你找到自己想去的地方，要一直朝住自己的目標不斷跑，要擇善固執、從一而終呢。

————————

未來的你，破碎再拾起，擁抱零碎的；帶著你獨特的裂縫，做平凡而溫柔的唯一。

未來的日子還請多多指教。

————————

春、夏、秋、冬，身邊很多朋友都不喜歡夏天，是不是太陽太過猛烈，把你照得汗流浹背；可我最喜歡夏天，盛夏的大海顯得分外波光粼粼，大海是盛夏的滋潤。倘若只有一季，只存在盛夏吧！

願你活如盛夏的大海，閃爍著你的光芒。

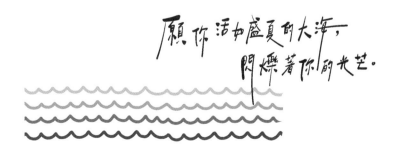

06

把 你 縫 進 時 光 裡

那年每一堂中文課我們全班都帶著歡樂下課,從那個時候開始,中文課成為了我最喜歡的課堂。

從前的中文課,只想下課鐘聲快快響起;然而現在,我只想假裝聽不見已響起的鐘聲。

————————

那天在車上我們閒聊著。我告訴了你,高中想修讀中國文學。於是我問:「你有機會教這科嗎?」「不會。」你那肯定的口吻讓我頓時有點失落。當時你沒有告訴我原因,只是淡淡的笑著說:「待你考完試後來找我,再告訴你吧,記得喔!」

我說,我一定記得的。

沒想到,我真的把這件事牢牢地記著了。考完試的那天找你問個究竟。

「咦,你還真的記得呢!」你笑著說。再輕描淡寫的補上一句:「我將會離開這所學校。」

聽到後,讓原本期待著一個美好答案的我沉了一沉。「我非常不捨得你。」話畢,我逐漸眼泛淚光。聊著聊著,我終於哭了。心裡盡是不捨,但我不敢說出口,只怕太過柔軟的一面讓你看見。

————————

「那麼你有沒有後悔知道了這個消息啊？」一位朋友問我。

「沒有，至少我知道，我會更珍惜僅有的時間，想想看怎樣在有限的日子裡留下美好的回憶，而不是遺憾。」我肯定地回答。雖然這些話很庸俗，但我深信是真的。我想，若然我遲些知道這個消息，我才會真正的後悔吧——後悔未能把想告知的說出口、後悔未能送上最好的祝福、後悔……或許這一切都是最好的安排。

有些人無法一直留在你身旁，但曾經參與過你的人生且給予過你溫暖，這樣已經足夠美好。

願我們再次相見，依舊如最初的模樣。願我們永遠像波光粼粼的海面，願我們活得熠熠生輝。

—————

謝謝你寫給我的一封信。

這是第一次收到你的信，或許也是最後一次。我把這封信看了幾遍，依然淚如泉湧。

只告訴了你這位老師，我想修讀中國文學。你說很欣慰，奈何再沒有機會重執這科的教鞭。

聽到你說，那天你不敢告訴我已經辭去工作，是因為不知道怎樣跟一個滿有熱誠、盼望的小妮子說出實情。也許你是怕我會對這科的熱誠減退，但我想告訴你：不會，我會像小時候的你一樣，繼續寫作、繼續我的「中文夢」。

記得中一的課餘時候我經常對你説著「高中你會不會再次教我們啊」、「好想你教啊」……那時的我盼望著高中能再遇上你,沒想到有一天會再也不能在校園內相遇。

離別是最難過的,我們都知道。雖然你不再是這裡的老師,我們不能再在校園、西鐵遇上,但你仍是我的朋友。而朋友不會受地域、時間阻隔。無論多久沒見,一見面依然好像當初那樣,才是最可貴。就算很多年後,我依然可以憶起「啊,我曾經中學時期遇到一位這麼好的老師。」曾經遇見你且在你身上取得過溫暖,這樣已經足夠美好。

我不知道幾年後會是怎樣。但不變的是,你永遠是我最敬愛的老師。謝謝你。

———————

那則未傳送的訊息

當你看到這則訊息時,我們已經相隔很遠、很遠了。

我一直知道移民從來都不是一趟説走就走的旅行,想必你也一定有過許多掙扎、不安、恐懼、不捨……要離開這片土地,這一切都不容易呀。從前買的是來回機票,而今次是「一去不返」的單程票。

最後還是沒有告訴你想送機,我不敢親眼目睹那些畫面,眼淚會止不住的流,原來我們永遠不會準備好離別,在離別面前,總是忽然變得好弱小。

説了再見,回頭一望的那刻會忍不住的,那一刻是最不捨得、最痛苦的——你知道該往前走了,但你的眼睛還停留在後方的人群裡,可是時間在殘忍地告訴你:要

入閘了。你想方設法留在原地多一秒⋯⋯只為多看他們一眼，把他們此時此刻的樣貌刻在記憶裡。

以前寫過一句話：「離別讓我們更懂得以怎樣的姿態奔往未來」，我們各自都有要抵達的遠方，但這不代表我們不會因為分離而哭泣、痛苦。

我們會再見的，只是不知道甚麼時候，或許、我說或許，幾年後我也不在香港了，但一定可以再見的。有機會，會來找你的，回來也記得找我呀。這次未能相見，那麼就約定你回來的時候再見吧。

抱歉沒來得及好好道別。

記於你離港的那天

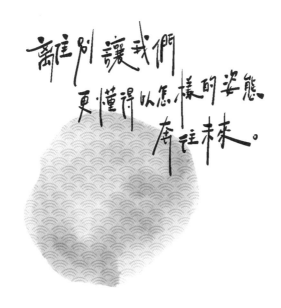

07

我 們 都 對 自 己 太 過 苛 刻

「我覺得你對自己的要求很高。」

剛認識我的人或是好朋友都不約而同地對我說。

有時候,我對自己的要求高到連自己也不察覺太高了,有點完美主義。總是在無法達成「自己的高要求」裡飄浮,無法靠岸。討厭達不到高要求的自己,經常覺得自己不會做得好或做不到,猶豫很久要不要去做某件事情,導致最後可能錯過了一些很難得的機會。

你也曾有過這樣的時候嗎?覺得自己一無是處,被「不夠好」捆綁著,總覺得自己就是不夠好,怎麼也不夠好,只看到身上全是滿滿的洞,討厭這樣的自己。

有時候,明明知道自己已經不錯了,卻依然會覺得還不夠好。偶爾聽見別人的肯定,我卻覺得心虛 —— 別人覺得我很努力,但我一直認為自己不夠努力,我也不知道為甚麼有這種感覺。

友人告訴我,厭惡自己是因為想要變得更好。啊,原來是這樣嗎?我們總渴望更好,但更好到底是多好呢?我一直覺得自己要跟上別人,但我到底要跟上誰呢?而「好」的標準是甚麼?是社會大眾眼中對於「好」的標準,還是自己定立的高標準?

我一直知道世間存在不同程度的比較,「現在的自己」與「以前的自己」,比自己厲害的人,或是被別人拿來

當作比較的對象。總不可能沒有比較吧，畢竟很多事情都是從比較裡鮮明的呈現出來，所謂的「好」也是。

長期處於比較的狀態，令我更大壓力，覺得怎樣都不夠好。這樣的我很累，我真的太想變得更好了，我也不想再被從比較之中呈現出來的「好」牽著走，只是想為自己覺得的「好」而不斷努力。

人有攀比心，當你做到及格的「好」就會追求「更好」，慾望隨著一次又一次遞增，無窮無盡，花盡一輩子也追不完「更好」的。萬物永遠有「更好」，可是並不存在「最好」啊。那麼是不是我們已經足夠好了，不用再費盡心思變得更好了？後來我想，接受這樣的自己不代表安於現狀，你可以渴望更好但要知道「你現在也很不錯」。

來吧，不要吝嗇稱讚自己，對自己說聲「你做得好好」，然後給自己一個大擁抱。

萬物永遠有「更好」，可是並不存在「最好」啊。

08

那些愛往往透過傷害的形式展現出來

愛人需要學習，被愛也是；給予愛、接收愛，同樣需要學習。當愛透過傷害的形式展現的時候，就已經不是能讓人感到溫暖的愛了。

很常在網絡上看到一句話：「幸運的人用童年治癒一生，不幸的人用一生治癒童年。」有人用盡一生治癒童年，然而有些傷口終究無法痊癒；有人用童年去治癒一生，是比較幸運的一群吧。童年是一間屋子的根基，無論日後如何翻新、裝修都無法彌補先天的不穩，一不小心就會倒塌。回想起童年，不愉快的事情充塞了我整個童年。

張西曾説過：「就算人們擁有時間和陽光，發生過的事情仍然無法抹去，説出口的話仍然不能收回。」所有傷害都是不可逆轉的。有時候，説出那些可能令人受傷的話的人未必是有意的，但殊不知，那些話一直牢牢的刻在孩子心裡；長大後，這些影子一直跟著他們，無法擺脱。影子隨年月拉長、擴張、扭曲，活生生把整個人覆蓋住，往後遇見任何人，視線都被蓋上層灰膜。

後來才知道，這名為「童年陰影」。

「我這麼做都是為你好。」

「你看看隔壁家的孩子多麼的聽話，誰會像你這樣？」

「你再不聽話，我就不要你了。」

「我白養你的嗎？」

「你都沒有盡力。」

「當初真的不應該生你出來。」

有些話被冠上至高無上的權威讓人不敢違抗。每每聽到這些話都讓我毛骨悚然……突然被莫名的罪惡感捆綁著，形成了「這都是我的錯」的錯誤認知──都是我不夠懂你的心意、不夠懂事、不夠好、不夠乖。

聽過最崩潰的字句都是來自父母。那些存在於愛與控制、親密與勒索之間的話語，只是緬想都覺得窒息。小時候經歷這些傷害的當下，從沒想過在我們懂事後會成為一個又一個似乎好不了的傷──有些傷口沒有在正確的時機痊癒，或許就再也不會痊癒了。

***

給予愛、接收愛，同樣需要學習。

猶記得在小學的時候，總是用著羨慕的眼光凝視那些溫馨的畫面 —— 看見身邊的同學有爸爸、媽媽的接送，每每放學時聽到同學與父母聊當天的趣事，不知為何心裡就會浮現出一種莫名的傷心。我也渴望媽媽送我去學校，放學時與我聊聊天，可是，這只是一個美好的憧憬啊，大概在我整個小學生涯裡都沒有發生過這樣溫暖的事。

在我最無助、最需要關心和陪伴的時候，他們總是不在我身旁。父母的貼心，即使只是一句簡單的關心「你還好嗎」，對我來說都是一種奢侈。很多時候，他們回到家，我已熟睡了；隔天我起床的時候，他們已出門上班了。

他們為了生計，錯過了我很多的成長吧。然而我並沒有怪責他們，我明白，有捨，才有得。你想擁有的，都得付出相對應的代價，世上從來不存在兩全其美，天秤總會傾斜一邊，但這並不代表另一邊不重要或不需被重視。倘若世上真的有時光機，我想回到小時候，讓父母給予多點時間陪伴我成長，看著我一天一天地長大，尤如一棵小樹苗慢慢長成高大的樹木，能夠被貼心地呵護是一件多麼幸福的事啊。

有人說，家是永遠的避風港，或許在某些人眼中是對的。可是到現在，我仍然沒有覺得這個家給予過我安全感。下雨天，這裡不是一把最大的雨傘；颱風來襲時，這裡無法抵擋強烈的風暴。這個家是一個空殼，內裡早已被蠶食得腐爛不堪，而我則是長久身處在失去了靈魂、冷冰冰的家裡。很多時候我都覺得自己無處容身，候鳥有家可歸，但我，無家可歸。

日復一日的生活揉去了許多時光的痕跡，我一天一天地長大，變得不再時時刻刻需要他們，甚至開始有了憎恨。

明明是最親近的人，我卻覺得陌生。

＊＊＊

一段很長的時間，我被童年種種可怕的回憶侵擾，無法控制回憶來襲，更無法控制自己的情緒。

難聽的說話夾雜刺耳的聲音不斷在我耳邊重播，每天上演著一場又一場和好如初的肥皂劇，聽著一堆否定自我的說話⋯⋯無法控制自己停止回想，我用被子覆蓋著整個頭部，好像只有這樣，那些刺耳的聲音才會變得小一點。對於某些聲音，我會感到恐懼；對於黑夜，我充滿著不安與恐懼；對於不堪回首的記憶，我難以入眠。我以為自己已經接受了、消化好，不會再陷入以前那傷心的深淵。原來，我還是會反覆傷春悲秋、還是會傷心、還是會流淚、還是會失眠。

無數個深夜裡，我泣不成聲，獨自坐在小窗台上，看著窗外依舊車水馬龍的城市，世界沒有因為我而停止，我只是這龐大世界裡的一粒塵埃，如此渺小。

我多麼渴望快點長大，多麼的想明天就高中畢業，想獨自到陌生的地方讀書，想探索未知的世界，更想離開這個我不怎麼喜歡的家。我像是一隻長久被困在籠內的鳥，想逃出枷鎖，在遼闊的空中自由自在地飛翔，卻無能為力。但是我深信，懷揣著飛翔的夢，終有一天能實現。

＊＊＊

懷揣著飛翔的夢，
終有一天能實現。

童年的記憶已牢牢的烙在我腦海裡，用盡渾身解數抹也抹不掉。但至少，那些傷害，讓我知悉怎樣的愛會令人受傷，而不是感到溫暖。所以我多次提醒自己銘記那些傷疤，避免二次傷害自己或他人，更溫柔的對待身邊的人。

最深的傷口往往來自最深的愛，愛和恨是相輔相成的，當中確實有過愛──錯誤表達的愛。後來我想，父母可能也需要時間吧。他們以為是愛的方式，我們卻不這麼想。每個人都在用自己認為對的方式愛別人，所以就算自己不喜歡，我還是無法否認那也是愛的一種樣貌。要改變一個人長久以來愛人的方式真的很困難，過程會經歷很多疼痛與艱難，也可能讓你擁有更多血腥的傷口。

也許我們可以嘗試在他們錯誤表達愛的方式裡，學習重新排列愛的形狀。扭曲的愛、錯誤表達的愛，但從怨恨中抽絲剝繭，或多或少會尋找到一些愛的痕跡吧。

我覺得真正的愛，是放手──給予對方空間、追尋自己的人生、夢想，並非以愛為名，要求或是規限對方跟隨自己的意見。

──獻給每一個因為原生家庭而受傷的靈魂

「如果小時候的你出現在你身旁，你有甚麼話想對他說嗎？」

我沉默良久，我想抱抱她，輕拍她的背後，對她說：你辛苦了，你很勇敢了，走進我的懷抱吧，我會一直陪著你哭、陪著你度過顛簸的日子。還有我心疼你啊。

我知道童年的那場雨在你生命中下了很久很久，久到你以為它永遠都不會停了，請讓我悄悄地告訴你，有人會撐著一把傘，不惜淋濕自己也要護你安好，為你撐起一片晴天；有人會走來你的身旁，給你一個溫暖的擁抱；有人會心疼你，摸摸你的頭，輕聲細語對你說，我在，不怕、不怕，沒事了。

從來沒有人告訴你，其實不需要去討好誰，你都值得被愛。雖然受過的傷讓你難以相信無論如何自己都值得被愛，但沒關係，我們畢生都在練習愛、相信愛，所以不要緊，慢慢練習吧，你會好起來的、會好起來的。

***

—— 關於我們

每當和你聊到某一些話題，原本我還在滔滔不絕地說，突然安靜了下來。

我把想說的話在腦海裡一一組織、梳理好，然後在心裡預想一遍你的回應，務求以最貼切的語句表達出心中所想。

可是，多少次準備說出口的時候，卻又欲言又止；多少次想要為自己辯護，卻又無能為力；多少次假裝若無其事，卻又還是掩飾不住內心最真實的感受。到後來，我已經不會再預想你的反應了——那些話早在說出口前，已經有了答案。

原來一直以來，我們都只是各自在喃喃自語；你的偏執、我的倔強，誰都無法改變。

＊＊＊

那年我對自己說：「希望自己有一天討論起原生家庭的時候不會再因此而落淚。」

親愛的，倘若此刻無法原諒也沒關係，你要允許心裡的小孩吵鬧與哭泣。或許我們都還沒有足夠的勇氣去盛載那些令人喘不過氣的愛，但沒關係，好好的給予愛、接收愛本來就不容易，你嘗試去看見那些愛已經很棒了。

《葉有慧》裡有一段話是這樣的：「在名為親人的天空下，我們都是永生鳥。」意思不是我們不會死，而是，就算我把我自己殺死了，我也永遠是你的孩子。我們擁有著永遠無法擺脫的關係——血緣。讀到這段話時我想起了之前葉有慧問過的一句：「但是，要怎麼面對不能改變的事？」戴恩說：「改變你能改變的事。」原生家庭始終是我們一生的課題，還是得面對，我們都無法決定自己的父母，但可以決定自己想成為的模樣。也因為存在於血液裡無法切割的關係，你要學著與他們和解，畢竟我們此生都是第一次當兒女，他們也是第一次當父母。啊，是這樣，我們都因此而傷害了彼此。有

些傷心也許一直都會在，雖然也會因為曾經的事情難受，但有時候因為經歷了那些，你才會有更溫暖的心臟，去看待世上的一切吧。

每個人或多或少都被原生家庭影響著，難免讓自己傷痕纍纍，畢竟那會影響看待自己的感覺，甚至一輩子都會用這種方式生活。但想要告訴你的是，原生家庭是家庭，自己是自己。如果足夠勇敢的話，總有一天也能看見自己走過那些斑斕痕跡的模樣吧。

不知道你未來能不能好好的，但希望你能撐過一切，去過自己喜歡的人生吧。

祝好。

遠方的來信

秋天・落葉

有時成長就是這一回事，
就是在一刻令你覺得自己長大了。

冬天・印記

冬 天 的 黑 夜 特 別 漫 長 ， 但 總 會 過 去 的 。

一切的傷口都結痂了，願你溫柔以待。

請相信，你會變好的。

01

活在獨一無二的島嶼 —— 月記

每一個月都有屬於那個月的主題。

———————

一月 —— 蛻變

去年正式結束了；新一年的開始，像是重生一樣，去年無法完成的，今年再努力吧。

我喜歡在新一年的第一天訂定那年希望達成的目標。看著去年寫下的一個又一個已達成的目標，忽然熱淚盈眶 —— 一年的時間，不長不短；卻有足夠的時間去完成清單裡的每一項。這年沒有白白浪費掉，真好。

這年雖然才剛過了一個月，但已經有很多的突破：第一次朗誦比賽得到名次、第一次參加徵文比賽、第一次寫書，很多很多的第一次。2022年像是一個重生的開始。我不知道未來會變成怎樣，可能並不好，但是我會把每個美好的時刻記錄下來，在未來回看的時候，知道自己是怎樣活過、熱愛過、喜歡過、執著過。

記於2022年1月31日

二月 ── 淒美的盛放

親愛的，別忘了善待自己，人生裡有許多暫時無處安放的事、解不開的結。但不要緊，每個階段回看時，你都會有不一樣的解讀；或許在某一個時候，你願意主動到訪那座孤島，那些被你藏在荒島的秘密，自成一片人間煙火。

記於2022年2月28日

三月 ── 聚散有時

我想你了，你知道嗎，每每走過這條小徑，所有的回憶便毫不留情的浮現出來，頃刻，我紅了雙眼。好想念那時的我們，那時肩並肩、手牽手一起走過；可怎麼現在只剩下我一個了，到底是哪裡出錯了？

不知道你現在過得還好嗎，你也會像我想念你那樣想念我嗎？

千言萬語濃縮成一句：你已經有了要抵達的地方，而我還在原地打轉。

記於2022年3月31日

四月 —— 擁抱

如果你出現在我身旁，我會陪你哭、緊緊的抱著你，溫柔地對你說：「你辛苦了，你很累、很害怕，這些我都知道。」然後輕拍柔軟的你，你已經很努力的活著了。

—— 獻給心裡的小女孩

記於2022年4月11日

五月 —— 渴望

投遞出像海像宇宙一樣浩瀚、廣闊的夢想，渴望著一片更大的海洋。這到底會有迴響嗎，又會是甚麼時候、以怎樣的方式呢，我一直在想。

你知道自己有多渴望，你從來都知道，甚至比任何人都還要清楚，那麼你可以有多大程度的努力呢？你想要得到的，總不可能不努力吧，世上不存在一步登天的事啊。

你想修讀中國文學、想到台灣念中文系、想當作家，既然有目標那就去嘗試、去努力。

記得喔，世界上這麼多片海洋，總會有一片適合自己發光發亮的。

記於2022年5月22日

六月 —— 快樂

那天中文老師對我說：「給予你機會，你一樣可以發光發亮。」

聽到這句，突然熱淚盈眶 —— 原來我也做得到，我比想像的自己更好。在往後的日子，不要再覺得自己有甚麼做不到了，好嗎？

在你不相信自己的時候，記得相信那些相信你的人。

難以想像從無到有寫完這本書，感覺好不真實，從來沒想過這一天來得這麼快。記得交完終稿的那一刻，很開心準時完成了，同時卻有一種莫名的不捨 —— 我還想繼續寫下去，不想就這樣結束了。大抵是不喜歡完成一件事的感覺吧，它意味這件事情的終結，好像這件事永遠停止在這裡，沒有後續。

好懷念寫這本書的時光呀。

快樂，六月快樂。

記於2022年6月30日

02

帶著獨特的裂縫，
做溫柔而平凡的唯一

翻開幾年前的日記簿，看到一句寫給18歲的自己的話：
「帶著獨特的裂縫，做溫柔而平凡的唯一」。

我們都是傷痕纍纍的人，身上都有洞口，大大小小、
深深淺淺。洞口該怎樣填補呢，從別人身上獲取抑或
由自己給予？

我一直都在尋找答案，或者有些傷口至今仍然不必撫
平，是因為無法承受撫平、復發、再撫平，這種反反
覆覆的劇痛，而每次撫平後只有表面的光鮮亮麗且一
閃而逝。

溫柔是傷口上長成的繭。有時所謂溫柔，只是因為經
歷的苦痛比常人多，所以知道怎樣去善待其他人。比
起溫柔，我倒希望你可以任性一些、為自己著想一
些。

18歲的你，剛好在準備應考文憑試，被沒完沒了的筆
記與試卷淹沒著，在大海裡飄浮，無法靠岸，這種感
覺很難受。在許多個深夜裡點起了小枱燈，在書桌前
溫習一份又一份的筆記，把所有的青春都奉獻在文憑
試裡，用青春換取文憑試的成績，真的值得嗎？可能
現在你感受到龐大的壓力、好像喘不過氣，很辛苦對
吧。但我想告訴你，不要停在這個位置，想像半年後

的你，到達想要的遠方的樣子，你會感謝自己所付出過的努力。不說「加油」，想說聲「辛苦了」。用青春換成績不值得，但你只有戰勝這個遊戲，才有資格名正言順地說，求學只求分數很荒謬。

身在尖酸刻薄的世界，學習溫柔以待，學習帶著傷痕繼續奔赴，學習與自己和解，學習不再看輕自己，學習擁抱自己。學習不要把自己交給別人，世上沒有任何人能為你負責。

我會清晰地記得你是怎樣的少年，有過怎樣的情感，有過怎樣的憧憬，有過怎樣的執著。我永遠記得，那時縱使知道會跌傷、甚至會把自己弄得滿身傷痕，仍然義無反顧、想要為這本代表年少的書冊賦予一個圓滿的結局的你。

我還是對長大有著很多的期待與憧憬，我會成為溫柔的人嗎？我在過理想的生活嗎？我在堅持我的熱愛嗎？

願18歲，對未知仍然有新的期待、勇敢奔赴。

我還是對長大
有著很多的期待與憧憬

溫柔是愛。

溫柔是寬容。

溫柔是不逞強。

溫柔是種歷練。

溫柔是善待自己。

溫柔是不偏不倚。

溫柔是一切的始源。

溫柔是黑夜的明光。

溫柔是對未來的期許。

溫柔是自愛而生的痛。

溫柔是悲傷轉化而成。

溫柔是波光粼粼的大海。

溫柔是世間萬物的滋潤。

溫柔是熱愛著世界的方式。

溫柔是被你遺忘的願望與時光。

溫柔是生活與記憶之間的碎片。

溫柔是看透世事仍保持清澈的心。

溫柔是你
你是溫柔的
一切代名詞
除此以外
別無他物

03

不必羨慕別人的煙火，
你也能擁有屬於自己的

夜深了，我坐在窗台上遙望著窗外滿布星辰的夜空，熱淚盈眶，渴望成為那顆閃亮的星辰。凝望著一片深藍色的夜空良久，戛然想起了自己也曾是那顆耀眼的星辰。

從小學到中學的階段裡，擁有過許多讓自己閃閃發亮的機會，但並非所有我都有握緊。有時候，機會化為流星，光速降臨在你身上卻又一閃而逝；有時候，機會化為那隻陪伴著你成長的洋娃娃，只是你沒有從上至下、左至右，細看它一眼，最終忽略了它的美好。

偶爾回望錯失了的事物，它們恍如開著水龍頭的水。我伸出雙手接著不讓它流走，但很多時候，水從手指的縫隙裡流走，即使每一根手指都緊緊相貼，水卻依然一點一滴的流走，原來我還是無法阻止些甚麼。微小的改變往往在當下毫不起眼，那些起初不以為然的，後來隨著流失的愈來愈多，變化終於一覽無遺。

不一定會在哪一次的巨變裡看見不同，變化是一次又一次細微的改變累積而成的「不同」。

參加了兩年「英文詩文獨誦比賽」，在那之前也有過朗誦比賽的經驗，可是從小便害怕眾目睽睽下説話，更甚是演講。每當上台表演或是演講我便會怯場，害怕來自四方八面的眼光，對於站在台上那種毫無安全感的感覺至今仍印象深刻。

這是第一次參加朗誦比賽的我 —— 那時我才剛小學一年級，記得是在一個與課室差不多大小的演講廳裡。出場前，我的手不停地抖，原本暖暖的手驀然失去了溫度，整個人冷冰冰的。為了讓自己淡定一些，深深地吸了一口氣，但並沒有絲毫的幫助……「叮」一聲，我的朗誦要開始了，朗讀題目後，正當我準備開始唸第一句，前面的三位評判炯炯有神地盯著我，我害怕得哭了出來，一顆又一顆的小珍珠溜出眼眶，滑到臉頰，繼而沾濕了我的衣領。

我一直很羨慕不怯場的人，也很羨慕朗誦比賽獲獎的人，啊，是我做不到的事，我一直都是這樣想著。舞台是展現自己的地方，只可惜我卻不擅長好好發揮。

一直以來聽過不少有意無意的冷言冷語：「你還是放棄吧，朗誦比賽的獎不會屬於你的。」、「真的不知道為甚麼你會被挑選參賽呢？」、「這麼害怕就退賽啊，留你在這裡浪費位置啊！」、「不是反覆練習就能成功的。」……我討厭被別人惡意中傷，你可以不相信我能做得到，但至少不要說些風涼話吧。

人生在世，碰上冷言冷語無可避免。不被看好的時候，請你一定要相信自己，你比想像中更強大，足夠跨過那些你覺得無法越過的沼澤。

這是第二次參加朗誦比賽的我 —— 轉眼間中二了，如上年一樣被老師推薦參加朗誦比賽。練習期間不斷地對自己說：「大方的表現出來吧，不要害怕！」然而就是無法做到啊。心裡的害怕蓋過了一切，無法好好的表現。最後獲得一個不過不失，也不是甚麼差的成績，與大多數人一樣平平無奇。

訓練我的老師對我說，你其實不是做不到，只是比起其他同學不夠大膽，下年我還會讓你參加啊，就當是訓練你的膽量吧。

這是第三次參加朗誦比賽的我 —— 那些每一個練習的下午至今仍記憶猶新。在課室外那長長的走廊排練，樓梯旁邊有一面鏡子，我就看著鏡中的自己練習，偶爾在走廊徘徊，從窗外凝視著已鎖上門鎖空無一人的課室，一邊背詩一邊在腦海中想像自己是詩裡的主角，應該以怎樣的心情、語氣詮釋。

還有些字詞比較繞口，唸了很多次都唸得不標準，有時候讀準了這個字卻忽然忘記了下一句，我接受不了小瑕疵，即使是一個字的語調不太適合或是過於突兀，都會整篇從頭再來一遍，我就在這些過程裡徘徊了無數次。偶爾還是會有點不耐煩，於是對自己說，我就不相信自己做不到。於是氣餒過後，只好繼續練習。

正式錄影的那天，我多次不太滿意自己的表現，總是以不好意思的口吻對老師說：「抱歉，我覺得剛才的版本不是我最滿意的，想再錄一次。」就這樣前前後後錄了四五次。老師總會說，沒有不好啊，我覺得你剛才表現得很好。噢，原來只是我自己覺得「還可以更好」而不是「不好」，是我對自己的要求比任何人對我的要求都還要高。

我問自己，一個原本連站在台上都害怕的我，怎麼會變成如此執著，到底是甚麼原因呢？後來我有了這樣的答案：因為有所渴望，才有一顆願意毫不計較地付出的心，而有一顆這樣的心，期盼才能成為現實。

上星期向老師查詢朗誦比賽結果，等待回覆的時候每一分每一秒都變得特別漫長，時間恍如停止在某一個瞬間不再往前了。心裡五味陳雜，是期待，是忐忑，更害怕讓自己失望。

收到賽果後我寫了一段這樣的話：「這次我告訴自己，希望這次的賽果比以往的好，我知道自己真的比之前進步了許多，沒像以前那麼的緊張，其實也有點渴望付出過的會有回報。從老師手裡接過分紙，得知得了第三名，有點意外又有點開心。我希望自己一輩子都不要忘記接過這個成績的那份喜悅，要記住第一次的青澀，因為永遠是最純粹的。」

永遠要記得每一個「第一次」，因為是最純粹的。而我要帶著這種感覺繼續奔跑。

我終於可以勇敢的對自己說：「嘿，我羨慕你。你做到了，你終於成為自己當初心心念念站在頒獎台上的參賽者。」原來所有光鮮亮麗的背後，多的是數不盡的付出與辛酸。像是我很喜歡的作家不朽說過：「所以不必羨慕，在你看不見的地方，每個人都有相對應的責任和代價。」

光的背面是暗。光的那面比較容易讓人看見和得到注視；沒有被光照射到的地方就是暗，一片漆黑，看不見盡頭似的。你只看見別人的「光」──在鎂光燈下那張充滿自信、笑容滿面的模樣，卻忘記了他們也有著自己的「暗」──在許多個你不曾看見的時候裡，默默地為自己的目標、夢想付出和犧牲，奮不顧身地奔赴。

光和暗是相輔相成，不可或缺的，你無法只保留光而捨棄暗。所有你羨慕的人都是在暗中非常努力，沒有誰能不曾付出過就成為自己渴望的模樣。

親愛的，要記得以自己的努力換取你羨慕的，才值得去擁有這些美好。美好的事物不是灑滿在地上的雨水，不會從天而降啊。

你也能擁有屬於自己的煙火。

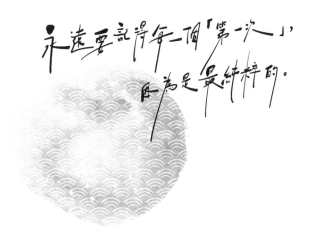

永遠要記得每一個「第一次」，因為是最純粹的。

04

不被世界污染，
保持最初的模樣

世界太過冷酷，每個人都活在自己的世界裡，忘記了他人的存在。人與人之間存在太多的不理解。有時我們並不是奢望別人的理解，只是渴望別人給予恰到好處的一句「不要緊」。

願你在不被理解的時候，記住還有自己願意真誠對待你、有一顆願意理解自己的心，請告訴自己：別人不想懂你的時候，還有我想知道了解你的一切，擁抱你的脆弱。

————————

社會有太多的約定俗成要我們遵從，然而卻從來沒有一個人告訴過你：不必跟隨，要過自己的人生。我們一直演繹著重複又重複的人生劇本，逐漸盲目跟從，失去了自我。

太多別人往我們身上貼標籤，時間久了，便好像無法撕下，但經細心觀察後便會發現，把所有的標籤撕下後剩餘的才是真正的你。就例如，為甚麼不合群就是「異類」？甚至要遭受排擠？喜歡獨自一個人並不是奇怪的人，更願意花時間在自己身上的人，更容易找到自我價值。「做自己」是一生的課題。介意別人對自己的看法，接受批評的說話時，懂得過濾才最重要。在做自己前，先要了解自己是怎樣從「他人眼中的我」抽離。找回自己，相信這就是你。

親愛的，不要被規範著。

比起成為一式一樣的人，你的獨斷獨行更有型。

跟隨心之所向。

———————

大人常對我說，只是我入世未深，才會真心對待別人。我想：又會不會是，大人的世界太過功利，我們以小孩的眼光觀察、活在成年人的世界便感覺格格不入，但真的並非我們很傻。

很多時候我們只是想善待身邊的人、體諒他人，僅此而已，但卻會被說成「你真傻」。我偶爾也會被人說「你太純真」，我感到疑惑不已，其實會不會只是大人的世界太過複雜、只講求利益？我一直被大人告知，踏入社會會看見人性的黑暗面、全部人都只講求利益，在那裡不會有真正的朋友。每次聽到，我都會假裝沒有聽見，其實我當然知道，我只是想再天真快樂幾年。

愈是知道這個世界殘酷、敗壞得很，我就愈想成為那少數善良的人。

如果善良的自己是你喜歡的模樣，那就不要怕別人怎麼說，成為自己想成為的人最重要。

願你帶著良善活在如此複雜、如此殘酷的世界裡，不被世界污染。任由世界敗壞，保持赤子之心，才是回報世界最溫柔的方式。

比起成為一式一樣的人，
你的獨斷獨行更有型。

相 遇 讓 我 們 變 得 不 孤 單

人生是一趟只有單程票的旅行，你無法從頭來過，亦無法抹掉過往的痕跡，你只能繼續走下去，在未來踏上更精彩的旅途。

在這一趟沒有回程票的旅程，不同的人會中途加入與你一起乘搭通往未來的列車，在每一個轉車站、中途站，有人會下車 —— 你們從此再不相見，或者那個站就是你們之間的終點站；又會有其他人在同樣的中途站上車 —— 你們的第一次相遇。人終其一生，都是在不斷重複經歷相聚與離別。然而，又有誰能由起點到終點一直陪伴著你，從沒離開過？那個人，只會是自己吧。

有人說，孤獨是人生的基調。或者我們生來注定孤獨，每個人都是獨立的個體，但因為相遇所以我們才不孤單，也不寂寞。

每個人的人生最後一刻，都只會剩下你一個人啊。沒有人能一直陪伴著你，但是曾經從別人身上取得溫暖，已經是一件幸福無比的事了。

致 無 法 釋 懷 的 你

最近做了一個夢,讓我不斷回想和深思。

夢裡的她生了一場大病,醫生說要做手術,否則生命就只剩下兩星期的時間。「那麼手術後能活多久?」她那著緊的口吻讓我心一沉。「三個月。」醫生說。夢裡的我對於她曾經所傷害過我的一切一直無法釋懷,我無法坦然大方地原諒她,可是當我聽到她的生命只剩下短暫的時間,我卻選擇了原諒這一切的錯誤。

從睡夢中醒來後,我坐在床上思考了很久,如果我們知道自己哪一天會死去,那麼一定會深思熟慮剩下的時間要怎樣度過,才不會留下太多的遺憾吧。每個人身上或多或少都有一些傷口一直沒有辦法痊癒,但這個時候究竟這些事情能否釋懷,原諒一些你一直無法原諒的人事物?這樣想的話,你會去思考到底該不該釋懷,很多事情大抵都可以釋懷了吧。那麼,當我們遇到一直無法釋懷的事情,究竟應該抱著「可能明天就要死去,我該如何善用剩下的時間,留下最少的遺憾」的心態去看待,抑或是「我真的無法釋懷」的心態,看待這些錯誤或是傷疤呢?其實我也不知道。

我們好像都忘記了生命有一天會結束,所以才要好好地活著。我們總是輕易地下決定,以為還有時間去修正曾經犯下的錯誤、決定、選擇,可是事實是你我都無法預言下一瞬間會變成怎樣。

人的記憶沒有那麼堅不可摧，那些你曾經很深刻的往事，開心的、不堪的，都會愈來愈模糊，但我一直在想，無法釋懷終究是甚麼原因？是我們不想去遺忘嗎？

一直覺得「向死而生」很淒美，意識到萬物皆有消亡的一天，我們才能真實感受到自己千真萬確的活著。我們都是向死而生的人，一天一天步近死亡，每一分鐘、每一秒的流逝，都在告訴我們離死亡又更接近一點。

生命是步向死亡的歷程，可能你會說：「既然人終須一死，那麼怎樣活都一樣吧。」可是，只有在意識到每分每秒都在步向死亡，生存的時候愈來愈短，才能更珍惜那些對你來說重要的人。

既然人終須一死，你我更應在生命的旅途裡留下燦爛的痕跡。

生命是步向死亡的歷程，珍惜那些對你來說重要的人。

07

願你我內心最深處
永遠有一個位置屬於童真

「所有的大人都曾經是小孩,雖然,只有少數的人記得。」──《小王子》

最近在教妹妹朗讀課文、溫習默書,下次的默書是一篇數十字的課文和十個詞語,妹妹對中文沒有太大興趣,還是有點吃力。為了讓她更深刻記得那些詞語怎麼寫、怎麼運用,我考起她對字詞的理解,「你知道甚麼是快樂嗎?」我淡淡的問。她那雙炯炯有神的眼睛凝視著我,急著回答:「有糖果吃的時候,我就覺得快樂,還有到公園玩樂的時候!」我輕輕撫摸著她的頭說:「小時候的快樂就是如此簡單、純真,可長大後快樂是一種奢侈。」妹妹聽了後,擺出一副似懂非懂的樣子。

我最愛的妹妹啊,願你一直快樂地成長,一直擁有6歲看待世界的眼光。

人愈大,愈難快樂,源於你所追求的也隨著年紀一同遞增。從前,吃一顆糖果便足以樂透半天;現在,吃了一整袋糖果也不足以使你露出一個由心而發的笑容,你不解地問,為甚麼現在吃了糖果卻沒有一丁點快樂的氣息?我說,是你看世界的眼光不再純粹 ── 成年人的世界充斥利慾,不知在哪一個爭分奪秒的時刻,你變得貪婪,盲目追求功名、地位、利益,你漸漸地變得麻木,失去了自己,忘記了初心,忘記了最初的模樣,成為了當初自己最討厭的大人。

為甚麼快樂逐漸消失在我們的成長裡？有些純粹，消失在涉世太深的成長。你的慾望愈多，快樂離你愈遙遠。

小孩的世界，是一幅色彩繽紛的油畫；成年人筆下的世界，是一幅黑黝黝的素描畫。可是，你的世界不一定要與他們一式一樣。你的世界，是一幅怎樣的畫，有多少種顏色、顏料的比例，全取決於你想為自己的世界增添甚麼色彩。

但願我們永遠擁有小孩看待世界的眼光，在複雜的世界裡活得簡單一點，說不定能找回快樂的蹤影喔。

***

城市人生活的步伐如同一列火車在月台前快速駛過，錯過了許多沿路美好的風景。

想一想，你有多久沒有看著太陽冉冉升起，然後趕快拿起相機記錄這一刻的天空；你有多久沒有遠離繁囂到郊外走走，好好感受世外桃源；你有多久沒有到海灘漫步，聽聽海浪沖刷著的聲音，看看浪潮一波接一波的湧上岸；你有多久沒有坐在咖啡廳，翻開一本喜歡的書靜靜地閱讀；你有多久沒有與朋友聚會，你一言我一語地分享著各自生活的趣事；你有多久沒有與家人吃一頓簡單的晚餐，家人問起你工作的辛酸時，你總是說得輕描淡寫⋯⋯你有多久沒有，給自己一個喘息的空間？

日復一日的生活，揉去了許多時光裡微小卻細膩的痕跡，別再讓自己的生活被這個城市匆匆忙忙的步伐改變了。就從此刻，捲土重來，踏著輕輕緩緩的腳步，重新創造屬於自己的生活步伐。

我們都要好好生活，好好活著。

「當你留意到最寶貴的事物時，世界就會再一次開始轉動！」── 住野夜

但願我們永遠擁有小孩看待世界的眼光，在複雜的世界裡活得簡單一點，說不定能找回快樂的蹤影唷：

冬天‧印記

世界上這麼多片海洋，
總會有一片適合自己
發光發亮的。

世界等你再次啟程

倘若此生能遇見一個願意用文字讀懂你的人,是一件多麼浪漫的事啊。我一直是這樣想的。

文字是執筆者最赤裸的剖白,攤開自己內心深處,傷口便一覽無遺。勇敢面對自己需要很大的勇氣。而創作是自我療癒的過程,擁抱破碎的自己,把破碎的部分重新拼貼。一切好與壞的遭遇,成為了令我變得更溫柔的契機,學著溫柔地對待自己、面對一直不敢直視的傷口、保持最初的模樣、善待身邊的人、與自己和解。

漫長的人生是一條看不見盡頭的繩子,隨著我們慢慢長大,會在繩子上留下了許多個大大小小的結,有複雜、難以解開的結,也有死結,但這些就是生命裡的花紋。有些傷痕或許會一直存在,或許我們都不應該糾結在已經發生了、無法逆轉的事情上,更應該思考怎樣帶著它們繼續往前過你的人生。或許你身上會有許多愛的傷疤,但願你有一天學會愛著那些傷疤,溫柔地對待你獨特的標記。

很常被朋友說,我想太多、很多愁善感,然而我一直都沒有覺得這是負面的,有時候我會暗暗竊喜 —— 敏感的性格造就了更多創作的題材,這倒是一件好事,但也無可否認,承受著這些情緒會活得比較辛苦一點。

創作的路上,不一定是全然快樂的,更多的是孤單一人面對那些所有開心、悲傷、煎熬、難過。我會記得那些夜裡敲著冷冰冰的鍵盤,寫了又刪除的文字。遇過許

多樽頸，沒有靈感寫不出文章、寫出來的文字不是預期的模樣、厭惡自己的文字、寫著寫著就哭了——覺得痛苦，不想再寫下去的時候……但我深信，這些都是過度。

書寫某些篇章時，還是會紅了眼眶，忍不住流下眼淚。坦白說，我還沒有足夠勇氣去回憶、去面對它，害怕與那些傷口對視，雙眼會先流下眼淚。不經意回憶起某些畫面的時候，我還是會在夜裡躲在被窩裡偷偷的哭泣。但沒關係，我已經學會擁抱自己了。

記得從收到入圍通知到寫故事大綱之前的這一段時期，我內心有許多掙扎，害怕被讀者問故事的真假（這應該是許多創作者不太喜歡的問題），更不知道如何回應、質疑過自己寫的文字是否足夠好。但最後鼓起了勇氣帶著這些恐懼走了下去，然而我從來沒有後悔當初的選擇，因為我清楚自己的渴望——當作家。

我一直相信，文字蘊含著巨大的溫柔且隱藏著神奇的力量，它能拯救墜入深淵的人。成為作家是我的夢想，希望以自己的文字溫暖別人。

感謝主辦單位讓我有幸寫下這本書。很幸運能在14歲寫下我的第一本作品——《孤島的溫柔》，記錄我14歲這年平凡卻值得記念的時光，希望未來能夠寫下第二本書、第三本書……有機會的話，在不久將來我們下一本書見。我的第一本作品在此畫上句號，然而在

創作路上只是中途站，未來我還想繼續創作，希望有一天能在文學創作的路上發光發亮。

感恩一路走來，遇見溫柔的你們（我的朋友們），總是鼓勵著我，每一句「加油」、「等你出書」、「不要放棄」、「你很棒」、「我想看你的書」、「寫書要順利呀」，這些都陪我走過每個想放棄的時候，謝謝你們的支持和暖心的祝福！

許一些願，願萬物溫柔長存，願你成為溫柔的人，願你活得坦然並且開心。也願自己永遠對世界保有好奇心、更重要的是，永遠保持童真，這也是我將關於童心的那篇放在最後的原因，想把它視為一種期許，也希望送給成年人—— 願你們童心未泯。

最後，想要告訴你們：活著每一天都可以重生。

陳姝均
2022·初春

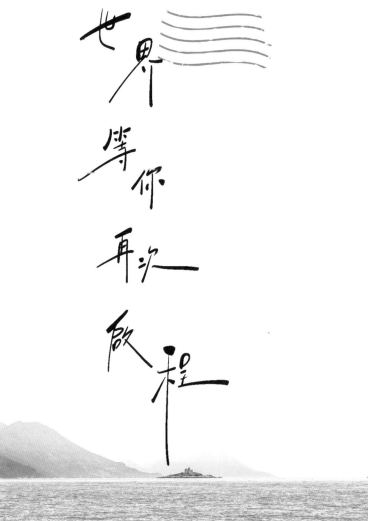

世界等你再次啟程

語文教育及研究常務委員會（語常會）

致力提升香港市民兩文三語的能力

語常會於 1996 年成立，就一般語文教育事宜及語文基金的運用，向政府提供建議。自成立以來，語常會通過運用語文基金，配合政府、其他諮詢組織和持分者的努力，資助並推行不同的措施，以幫助港人，尤其是學生和在職人士，提升兩文（中、英文）三語（粵語、普通話及英語）的能力。工作包括：

一、 進行有關本地及國際語文教育的追蹤研究和比較研究，以助有效制訂和推行語文教育政策；

二、 加強對幼童學習中、英文的支援；

三、 加強語文教師的專業裝備及持續發展；

四、 照顧學習者的學習多樣性，包括非華語學生的需要；

五、 與有關持分者，特別是社會人士合作，在學校內外營造有利學生學習語文的環境；以及

六、 配合語言景觀的轉變，提升本地在職人士的語文水平。

hkfyg.org.hk | m21.hk

香港青年協會（簡稱青協）於 1960 年成立，是香港最
具規模的青年服務機構。隨著社會瞬息萬變，青年所
面對的機遇和挑戰時有不同，而青協一直不離不棄，
關愛青年並陪伴他們一同成長。本著以青年為本的精
神，我們透過專業服務和多元化活動，培育年青一代
發揮潛能，為社會貢獻所長。至今每年使用我們服務
的人次接近 600 萬。在社會各界支持下，我們全港設
有 90 多個服務單位，全面支援青年人的需要，並提供
學習、交流和發揮創意的平台。此外，青協登記會員
人數已達 50 萬；而為推動青年發揮互助精神、實踐
公民責任的青年義工網絡，亦有超過 25 萬登記義工。
在「青協・有您需要」的信念下，我們致力拓展 12 項
核心服務，全面回應青年的需要，並為他們提供適切
服務，包括：青年空間、M21 媒體服務、就業支援、邊
青服務、輔導服務、家長服務、領袖培訓、義工服務、
教育服務、創意交流、文康體藝及研究出版。

香 港 青 年 協 會

e·Giving

青協網上捐款平台
Giving.hkfyg.org.hk

專業叢書統籌組

香港青年協會專業叢書統籌組多年來透過總結前線青年工作經驗，並與各青年工作者及專業人士，包括社工、教育工作者、家長等合作，積極出版多元系列之專業叢書，包括青少年輔導、青年就業、青年創業、親職教育、教育服務、領袖訓練、創意教育、青年研究、青年勵志、義工服務及國情教育等系列，分享及交流青年工作的專業知識。

為進一步鼓勵青年閱讀及創作，本會推出青年讀物系列書籍，並建立「好好閱讀」平台，讓青年於繁重生活之中，尋獲喘息空間，好好享受閱讀帶來的小確幸，以文字治癒心靈。

本會積極推動及營造校園寫作及創作風氣，舉辦創意寫作工作坊及比賽，讓學生愉快地提升寫作水平，分享創新點子，並推出「青年作家大招募計劃」、「校園作家大招募計劃」及「全港即興創意寫作比賽」，為熱愛寫作的青年提供寫作培訓、創造出版平台及提供出版機會。

除此之外，本會出版中文雙月刊《青年　空間》及英文季刊《Youth Hong Kong》，於各大專院校及中學、書局、商場等平台免費派發，以聯繫青年，推動本地閱讀文化。

books.hkfyg.org.hk
青協書室

香港青年協會一向致力推廣青年閱讀及創作，多年來出版多元系列的專業叢書。為了進一步提升中學生中文寫作水平及興趣，以及營造校園寫作風氣，由語文教育及研究常務委員會（語常會）支持及語文基金撥款，香港青年協會專業叢書統籌組於 2021/22 學年舉辦「校園作家大招募計劃」，通過一系列學習、培訓、實踐和比賽活動，包括「寫作訓練工作坊」、「寫作訓練營」，以及「校園作家選拔賽」，鼓勵學生積極參與創作，並將獲獎作品出版成書或發布。

計劃舉辦三年來一直深受學界歡迎。本屆共接獲逾100 間學校報名，最後從 300 多名報名者中，選出 82 位滿懷作家夢的中一至中四學生，由 2021 年 12 月起接受 5 個月的寫作培訓。計劃很榮幸邀請到唐希文女士、李昭駿先生、黃怡女士、梁璇筠女士、曾淦賢先生及施偉諾先生，從寫作大綱到作品終稿，逐步指導學員完成創作。主辦方特別舉辦為期兩日的「在家寫作訓練營」，安排了校園作家分享會、創作交流會、好書導讀及創作環節，讓學員與導師深入交流創作心得；另外亦邀請了林志成先生及唐啟灃先生主持作家講座，與一眾校園作家分享閱讀和寫作技巧。

經過專業評審的評分選拔，趙聿修紀念中學的許焯然及元朗公立中學校友會鄧兆棠中學的陳姝均分別奪得本屆小說組及非小說組冠軍。兩位同學的作品均於2022年夏季出版，更於本年的書展及市面作公開發售，一圓作家夢。

孤島的溫柔

出版	香港青年協會
訂購及查詢	香港北角百福道21號
	香港青年協會大廈21樓
	專業叢書統籌組
電話	(852) 3755 7108
傳真	(852) 3755 7155
電郵	cps@hkfyg.org.hk
網址	hkfyg.org.hk
青協書室	books.hkfyg.org.hk
M21網台	M21.hk
版次	二零二二年七月初版
國際書號	978-988-76279-2-0
定價	港幣80元
顧問	何永昌
督印	魏美梅
作者	陳姝均（校園作家大招募計劃2021-2022 非小說組冠軍）
編輯委員會	鍾偉廉、周若琦、李心怡
鳴謝	謝煒珞博士、曾淦賢先生、施偉諾先生
執行編輯	周若琦、李心怡
設計及排版	徐梓凱、D. Design
製作及承印	一代設計及印刷公司

Island L'amore

Publisher	The Hong Kong Federation of Youth Groups 21/F,
	The Hong Kong Federation of Youth Groups Building,
	21 Pak Fuk Road, North Point, Hong Kong
Printer	Apex Design & Printing Company
Price	HK$80
ISBN	978-988-76279-2-0

青協App　立即下載

香港青年協會

hkfyg.org.hk | m21.hk

香港青年協會（簡稱青協）於 1960 年成立，是香港最具規模的青年服務機構。隨著社會瞬息萬變，青年所面對的機遇和挑戰時有不同，而青協一直不離不棄，關愛青年並陪伴他們一同成長。本著以青年為本的精神，我們透過專業服務和多元化活動，培育年青一代發揮潛能，為社會貢獻所長。至今每年使用我們服務的人次接近 600 萬。在社會各界支持下，我們全港設有 90 多個服務單位，全面支援青年人的需要，並提供學習、交流和發揮創意的平台。此外，青協登記會員人數已達 50 萬；而為推動青年發揮互助精神、實踐公民責任的青年義工網絡，亦有超過 25 萬登記義工。

在「青協 • 有您需要」的信念下，我們致力拓展 12 項核心服務，全面回應青年的需要，並為他們提供適切服務，包括：青年空間、M21 媒體服務、就業支援、邊青服務、輔導服務、家長服務、領袖培訓、義工服務、教育服務、創意交流、文康體藝及研究出版。

e·Giving

giving.hkfyg.org.hk
青協網上捐款平台

社會創新及青年創業部簡介

香港青年協會社會創新及青年創業部不但為青年提供創業社創教育及培訓，為有意創業的青年提供實際財務及多元化服務，實踐創業理想，同時鼓勵青年運用創新點子，以行動解決社會問題，建立商業營運的可持續模式，改善社會現狀。

① 孵化培育

推出不同的培育計劃及培訓，冀為初創者提供創業啟動金、辦公空間、創業導師及培訓等資源，減低其經濟負擔。

② 香港青年創業計劃

自 2005 年起，青協共收到超過 2,200 份創業計劃書，當中有 230 份計劃成功申請及接受創業支援。每位成功申請者最高可以獲得最高港幣十五萬元的免息貸款作為創業啟動金。借貸總額由督導委員會按各申請者的計劃書及業務情況而定。此計劃為青年創業家提供免費商業諮詢服務，顧問團隊由資深創業家、工商界高級行政人員、顧問及專業人士組成，他們貢獻時間、專業知識和經驗，為青年創業家提供免費商業諮詢服務，有助他們改善商業的營運。計劃亦與「青年創業國際計劃」緊密聯繫。

③ 商業指導

商業指導目的是為青年創業家提供業務支援，切合不同業務需要，協助他們尋找適合的業務改善方案。青年創業家先向事業導師介紹業務及點子，再與專業導師進一步討論業務狀況。專業導師來自不同背景和行業，針對疑難雜症作出建議及支援。

④ 網絡支援

舉辦各類型青年創業學培訓課程、創業家講座、分享會及聚會，滙集不同行業人士，鞏固基礎社會創新及創業理論和知識、並提供業務轉介機會，擴闊初創業務網絡。為了協助青年創業家展示業務，青協賽馬會社會創新中心定期舉辦各類型活動，以幫助他們擴展業務網絡、增加曝光率及接觸不同行業的專家及商界精英。

⑤ 香港青年協會賽馬會社會創新中心

香港青年協會賽馬會社會創新中心於 2015 年成立，位於黃竹坑活化工廈創協坊 (Genesis)，鄰近黃竹坑地鐵站，佔地近 5,000 平方呎，設施及基本工程裝置承蒙香港賽馬會慈善信託基金捐助。截至 2022 年，已為超過 80 間初創公司及超過 230 位青年創業家提供共享空間、商務辦公室及創業培育支援。

⑥ 粵港澳大灣區支援

青協是前海深港青年夢工場的戰略合作伙伴之一。我們與大灣區各孵化中心建立聯繫，為香港優秀的初創企業提名予大灣區發展業務。

募資難？
香港青年創業家的
第一個盲點

出版	香港青年協會
訂購及查詢	香港北角百福道 21 號
	香港青年協會大廈 21 樓
	專業叢書統籌組
電話	(852) 3755 7108
傳真	(852) 3755 7155
電郵	cps@hkfyg.org.hk
網頁	hkfyg.org.hk
網上書店	books.hkfyg.org.hk
M21 網台	M21.hk
版次	二零二二年七月初版
國際書號	978-988-76279-5-1
定價	港幣 90 元
顧問	何永昌
督印	魏美梅
編輯委員會	鄧良順
撰文	陳錦強博士
插畫	Joyce
執行編輯	周若琦
設計及排版	A.C.
製作及承印	活石印刷有限公司

Hong Kong
Entrepreneurs'
First Blind Spot

Publisher	The Hong Kong Federation of Youth Groups
	21/F, The Hong Kong Federation of Youth Groups Building,
	21 Pak Fuk Road, North Point, Hong Kong
Printer	Living Stone Printing Co. Ltd
Price	HK$90
ISBN	978-988-76279-5-1

青協 APP・立即下載